小王子

Le Petit Prince
Antoine de Saint-Exupéry

安東尼・聖修伯里 ── 著

On ne voit bien qu'avec le cœur.
L'essentiel est invisible pour les yeux.

李玉民 ── 譯

小王子中文版
───── 6

小王子未收錄的 18 張聖修伯里原始畫作
───── 123

小王子英文版
───── 162

小王子法文版
───── 280

「我相信小王子是借助候鳥的遷徙而離家出走的。」

圖·文／安東尼·聖修伯里

李玉民／譯

獻給萊昂・維特

　　我這本書獻給一個大人，還請所有孩子諒解。
　　首先，我有一個重要的理由：這個大人是我的最好朋友。還有一個理由：這個大人什麼都能夠理解，甚至理解為孩子寫的書。我還有第三個理由：這個大人居住在法國，終日挨餓受凍，確實需要得到安慰。
　　所有這些理由如果還不夠的話，那麼這本書我倒很願意獻給這個大人成年之前的那個孩子。所有大人當初都是孩子（不過，很少人還記得這一點）。因此，我的獻詞就更改為：

獻給萊昂・維特
當他還是個小男孩

I

我六歲那年,有一次在一本描寫原始森林、名為《親歷的故事》的書中,看到一幅奇妙的插圖,畫的是一條大蟒蛇正吞食一隻野獸。這便是那幅插圖的臨摹。

書上這樣寫道:「蟒蛇逮著獵物時,總是整個兒吞下去,並不咀嚼。吞下獵物之後,蟒蛇就動彈不了了,接下來要消化食物,一連休眠六個月。」

於是,對叢林中的種種奇遇,我思索了好久。隨後我也拿起彩筆,畫出我生平第一幅畫,即我的繪畫一號作品,它看起來像這樣:

我把這幅傑作拿給大人們看,還問他們看我的畫害怕不害怕。

　　他們卻回答我說:「一頂帽子,有什麼可怕的?」

　　我畫的根本不是帽子,而是正在消化腹中一頭大象的蟒蛇。為了讓那些大人看得懂,我就又畫了一幅蟒蛇的透視圖。沒辦法,那些大人碰到什麼事兒,都需要人向他們解釋。我的繪畫二號作品圖像如下:

　　大人們看了之後,都勸我別再畫什麼蟒蛇了,不管是平面圖還是透視圖,還是把興趣放到地理、歷史、算術和文法上。我當畫家的美好前程,六歲那年就這樣斷送了。我的繪畫一號作品和二號作品都未獲得成功,這讓我灰心喪氣。那些大人們從來不會自己去了解任何事情,總讓小孩子沒完沒了地向他們解釋,這實在太累人了。

　　因此,我不得不另外選擇一種職業,便學會了駕駛飛機。我差不多飛遍了世界各地。而且地理的的確確對我大有助益,我一眼就能辨認出,那是中國還是美國的亞利桑那州。萬一夜間迷航,這種本領非常管用。

我在職業生涯中，同許多重要人物打過許多交道。我在大人中間生活了好多年，近距離觀察他們，也並沒有改善我對他們的看法。

我遇到的大人中，只要覺得哪個頭腦還算清楚的，就測試一下，拿出我一直保存的繪畫一號作品，看看他是否真的能夠理解。可是，每次我都得到同樣的回答：

「這是一頂帽子。」

這樣一來，我就不同他談蟒蛇了，也不談原始森林，更不談什麼星星了。我只能說點他能懂的，談談橋牌、高爾夫球、政治、領帶什麼的。結果，能結識我這樣一個通情達理的人，那個大人非常地高興。

II

我的生活就是這麼孤獨，沒有遇見一個可以真正交談的人。直到六年前，這種狀況才有所改變。當時，我的飛機發生了故障，迫降在撒哈拉大沙漠。發動機裡不知哪個零件壞了，而飛機上既沒有機械師，也沒有乘客。我獨自一人，只好自己動手解決這個難題,設法排除故障。這對我是個生死攸關的大事。飛機上攜帶的飲用水,只夠我維持一星期。

第一天夜晚,我就睡在遠離任何人家的沙漠上。比起抓著小木筏漂流在大洋中的遇難者來,我更加孤立無援。因此,拂曉時分,我忽然被一種奇特的輕微聲音弄醒,你們就可以想像,我有多麼驚訝。那聲音說道:

「如果你可以……給我畫一隻綿羊吧!」

「什麼?」

「給我畫一隻綿羊。」

我馬上跳了起來,就像被雷電擊中了一樣。我使勁揉了揉眼睛,仔細瞧了瞧,看到一個非比尋常的小傢伙,正在那兒一本正經地注視著我。

請看,這就是後來我給他畫的最好的一幅肖像。

我畫的這幅肖像,當然遠不如他本人那麼帥氣。這不能怪我。早在我六歲那年,我當畫家的夢想,就讓大人們給斷送了。除了畫過大蟒蛇的平面圖和透視圖之外,我就再也沒有學習畫過任何別的東西。

我驚訝不已,瞪大了雙眼,定睛瞧著這個神奇的不速之客。不要忘了,當時我身陷絕境、方圓千里沒有人家。可是眼前這個小傢伙,我看並不像迷了路:他不是累得要死、餓得要死、

「這就是後來我給他畫的最好的一幅肖像。」

渴得要死，也不是嚇得要死。他根本不像一個迷了路的小孩子，跑到千里之外沒有人煙的大沙漠裡。等我終於能夠開口說話了，我就問他：

「怎麼……你在這兒幹什麼呢？」

他還是重複原來的話，聲音極輕，彷彿是說一件重大的事情：

「如果你可以……給我畫一隻綿羊吧……」

神祕的東西，一旦產生極大的威儡力量，誰也不敢違抗。在這有生命危險、方圓千里沒有人煙的地方，聽到這樣的請求，不管覺得多麼荒唐可笑，我還是從衣兜裡掏出一張紙和一支鋼筆。可是我馬上想起來，我主要的學習是地理、歷史、算術和語法，於是，我（頗不帶好氣兒地）對小傢伙說，我不會畫畫。他就回答道：

「沒關係。給我畫一隻綿羊吧……」

我從未畫過羊，只畫成了兩幅畫，便重新畫出來一幅給他看，正是那幅蟒蛇平面圖。我深感意外，聽到小傢伙這樣回答我：

「不對！不對！我不要在蟒蛇肚子裡的一頭大象。一條蟒蛇，實在太危險了，而大象又太龐大，太占地方了。我住的地方非常小。我就只需要一隻綿羊。給我畫一隻綿羊吧。」

我只好畫了一隻羊。

他仔細瞧了又瞧，然後說道：

「不對！這隻羊病得太厲害了。再給我畫一隻吧。」

我又畫出來一隻。

我的小朋友親切地微微一笑，寬厚地說道：

「你瞧瞧……這不是綿羊，而是山羊，還有犄角呢……」

於是，我又重新畫了一幅。

但是，同先前兩幅一樣，這一幅也被他否決了。

「這隻羊太老了。我想要

一隻能長久活著的綿羊。」

我心裡著急，要動手拆卸我的發動機，便失去了耐性，隨便畫了幾筆，趕緊拋給他一句話：

「這是只箱子，你要的

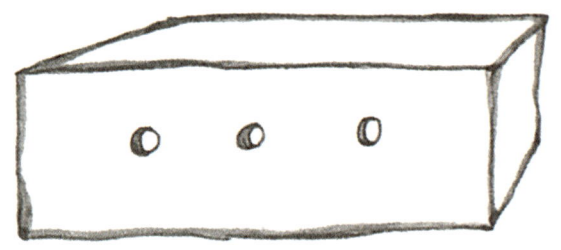

綿羊就裝在箱子裡面。」

不料,我卻吃驚地看到,我這位小鑒賞家面露欣喜,眉開眼笑了。他說道:

「這正是我想要的!你認為,這隻綿羊要吃很多青草嗎?」

「為什麼這樣問?」

「因為我住的地方非常小。」

「那也肯定夠了,我給你的是一隻小小羊。」

他低下頭看畫,說道:

「也不是特別小……咦!小羊睡著了……」

就這樣,我認識了小王子。

III

小王子來自何方，我費了好長時間才弄清楚。小王子向我提了許多問題，可是我問什麼事兒，他似乎壓根兒就聽不見。還是他隨意講的隻字片語，逐漸向我透露了他的全部身世。例如我的飛機（我不會把我的飛機畫出來，對我來說，畫飛機太複雜了），他第一次見到時，就問我：

「這是個什麼玩意兒啊？」

「這不是玩意兒，它能飛。這是一架飛機，是我的飛機。」

我還很自豪地告訴他，我能駕駛飛機在天上飛。他一聽，就高聲說道：

「怎麼！你是從天上掉下來的？」

「是的。」我謙虛地承認。

「啊！這可真有意思！」

小王子隨即咯咯地笑起來，笑聲清脆悅耳，可我聽了卻十分惱火。我是渴望別人能以嚴肅的心情對待我的不幸遭遇。接著，他又補充一句：

「這麼說，你也是從天上來的！你是從哪個星球來的？」

我立刻瞥見一道亮光，能照亮他現身的祕密，於是突然發問：

　　「你是從另一個星球來的吧？」

　　他並不回答，只是注視著我的飛機，輕輕地搖著頭，說道：

　　「老實說，你乘坐這玩意兒，不可能來自特別遙遠的地方……」

接著,他就沉浸在遐想之中,過了好一會兒,他又從口袋裡掏出我給他畫的那隻綿羊,全神貫注地欣賞起他這個寶貝來。

你們想像得出,他那提到「別的星球」欲言又止的話,引起了我多麼強烈的好奇心。因此,我要極力探個究竟:

「我的小傢伙,你是從哪來的?你提到『我住的地方』是在哪?你要把我這隻綿羊帶到哪裡去?」

他默默地沉思了片刻,才回答說:

「你給我的這個箱子可真好,到了晚上,小綿羊就可以睡在裡面。」

「當然了。你若是再乖一點兒,我還可以給你畫一條繩子,白天好拴住小綿羊,而且還得畫根木樁。」

小王子聽了這個建議,似乎很反感:

「拴住小羊?多麼奇怪的念頭!」

「可是,如果你不拴住小羊,牠會到處亂跑,就會跑丟的。」

我的小朋友又咯咯地笑起來:「你想小羊會跑到哪兒去呀?」

「隨便哪裡!牠會一直往前跑……」

於是,小王子非常嚴肅地指出:

「沒關係,我住的地方小極了!」

他的語氣中帶著一絲憂傷,又補充一句:

「小羊一直往前跑,也跑不了多遠……」

IV

我就是這樣了解第二個非常重要的事實：小王子居住的那個星球，比一幢房舍也大不了多少。

對此我並不感到十分奇怪，我早就知道地球、木星、火星、金星，都是命了名的大行星，此外還有成千上萬別的星球，有的體積實在太小，用望遠鏡都難以觀測到。天文學家一旦發現其中一顆，就給它一個編號作為名稱，例如叫作「325號小行星」。

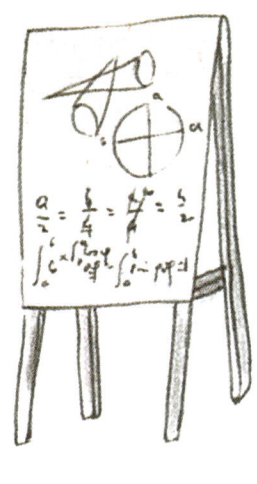

　　我有充分的理由認為,小王子來自 B612 號小行星。那顆小行星只在一九〇九年,由一位土耳其天文學家用望遠鏡觀察到一次。

　　於是,他在國際天文學的一次年會上,詳細介紹了他的發現。然而,由於他一身土耳其裝束,誰也不相信他的論證。

　　大人們就是這種德行。

　　幸好,B612 號小行星得以揚名,是多虧了一個土耳其的獨裁者,他嚴令所有的土耳其臣民必須穿上歐式服裝,不服從者以死罪論處。那位土耳其天文學家換上一身非常華麗的西服，於一九二〇年的年會上，再次論證他的發現。這一回，所有人都同意他的看法了。

　　我這樣不厭其煩地向你們講述有關 B612 號小行星的情況，透露它的編號，也是要照顧大人們。那些大人喜愛數字。譬如你向他們提起新交了一個朋友，他們問的問題從來就問不到重點上。他們不會這樣問你：「他的聲音聽起來怎麼樣？他最愛玩什麼遊戲？他收集蝴蝶標本嗎？」他們只會問你：「他幾歲啦？有幾個兄弟？體重多少？他父親掙多少錢？」只有弄清了這些數字，他們才認為了解了這個人。

如果你對那些大人說：「我看見一座漂亮的紅磚房，窗戶上爬滿了天竺葵，屋頂上落著鴿子……」他們就想像不出那座房子到底如何。必須對他們這樣說：「我看見了一座房子，價值十萬法郎。」他們馬上就會高聲讚歎：「噢，那是多麼漂亮的一棟房子啊！」

同樣，如果你對那些大人說：「小王子確有其人，他特別可愛，總愛咯咯地笑，他還要了一隻小綿羊。當一個人想要一隻羊，那就證明他是存在的。」他們聽了就會聳聳肩膀，把你當成一個小孩子！反之，如果你對他們說：「他來自B612號小行星。」他們就會心悅誠服，不再拿他們那些問題來煩你了。

大人們就是這種德行。對那些大人們，小孩子要儘量寬容一些。

當然，對我們這些懂得生活的人，才不理會那些數字呢！我倒特別願意像講童話故事那樣講小王子的故事。我寧可這樣開頭：

「從前，有一個小王子，居住在比他大不了多少的一個星球上，他需要一隻小綿羊……」在懂得生活的人看來，這樣講顯得真實得多。

我不喜歡別人以輕率的態度來讀我這本書。提起這些往事，我感到特別傷心。我那個小朋友帶著他那隻小綿羊，一起離去已有六個年頭了。我在這裡試圖描述小王子，就是免得把他遺忘。忘記一位朋友，實在是件可悲的事。不是人人都能有個朋友的。況且將來，我也可能變得像那些大人，只對數字感興趣了。

　　也是為了這個緣故，我買了一盒顏料和幾支鉛筆。我只是在六歲那年，畫過一幅蟒蛇平面圖和一幅蟒蛇透視圖，除此之外，從未試過畫別的東西，現在到了我這個年齡，再重新拿起畫筆該有多麼吃力啊！小王子的形貌，我當然要盡可能畫得像些。不過能否如願，我並沒有完全的把握。也許這幅肖像還可以，可是另一幅就畫得不像了。他的身材高矮，我也掌握不準：在這幅畫上，小王子太高了，在另一幅畫上，他又太矮了。至於他的衣服顏色，我也有些猶豫不決。於是，我就邊畫邊摸索，這樣畫畫，那樣畫畫，勉勉強強畫出來。

　　還有一些更為重要的細節，我也可能會出錯。不過，這一點還請大家諒解，我那位小朋友從來就不對我解釋什麼。也許，他認為我跟他一樣。可是不幸得很！唉，我無法透過盒子看見裡面的綿羊。也許我有點像大人了。恐怕我是老了。

在 B612 號小行星的小王子

V

每天和小王子相處，從交談中，我都能獲得一些訊息，關於他住的那顆星球，以及他是如何啟程展開他的星際旅行。這是他思索時不經意流露出來，我一點一滴得到的。正是通過這樣的途徑，在第三天，我聽到了猴麵包樹造成的大災難。

這一次，仍然得力於那隻小綿羊。當時，小王子突然問我——彷彿萌生了一個重大的疑問：

「綿羊愛啃灌木，真是這樣吧，對不對？」

「對，真是這樣。」

「啊！那我真高興！」

我不理解，綿羊啃灌木吃，為什麼就那麼重要。小王子緊接著又追問一句：

「那麼，綿羊也會啃猴麵包樹對不對？」

我提醒小王子注意，猴麵包樹可不是灌木，而是參天大樹，有教堂那麼高，就算他帶回去一群大象，也休想啃掉一棵猴麵包樹。

一群大象這種想法，逗得小王子哈哈大笑：

「那還得把大象一頭一頭疊起來……」

不過，他又充滿智慧地指出：

「猴麵包樹長成大樹之前，一開始也是小樹苗呀！」

「這是千真萬確的！可是，你為什麼要讓你的羊啃猴麵包樹苗呢？」

他回答說：「哦！瞧好吧！」就好像這是不證自明的事情。可是，我必須絞盡腦汁，才獨自想明白這個問題。

　　原來是這樣：小王子那顆星球也同其他所有的星球一樣，生長著好的植物跟壞的植物。結果，好的植物就產生好的種子，壞的植物就產生壞的種子。然而，種子是看不見的，都埋在深

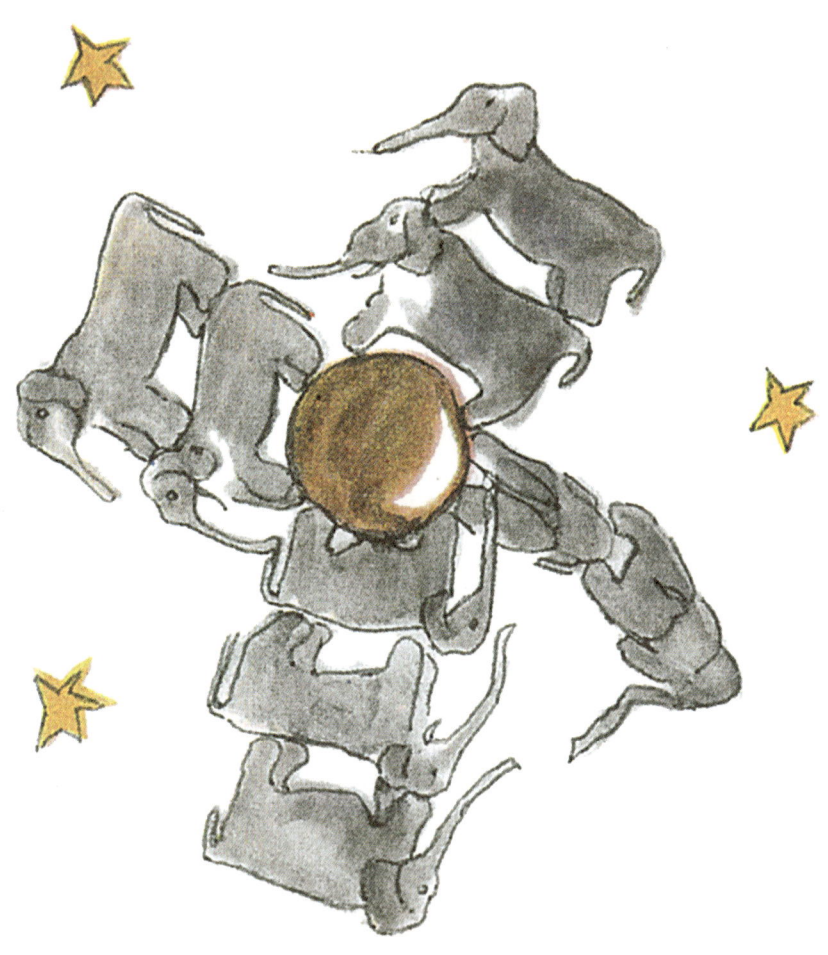

深的土裡休眠。直到有一天，某顆種子突發奇想地醒來，伸伸懶腰，發出無害而美妙的小嫩芽，小心翼翼地去尋找陽光。如果是小紅蘿蔔或是玫瑰的幼苗，那就隨它想在哪兒生長也無所謂。可是萬一是一株壞的植物，一旦認出來，就應該立即拔掉。

　　不幸地，在小王子住的那個星球上，恰恰就有特別可怕的種子……那就是猴麵包樹的種子。他那星球的土壤，飽受了猴

麵包樹種子的侵擾。如果下手太晚的話，一棵猴麵包樹一旦長起來，就永遠也根除不掉了。它會霸占整個星球，用其樹根將星球穿透。假如星球太小，而猴麵包樹又太多的話，那個星球就非得給撐爆了不可……

「凡事都得有個規矩，」後來小王子對我說道，「每天早晨梳洗完畢，就應該認真清掃星球。猴麵包樹和玫瑰剛發芽的階段，十分相似，一旦辨認出猴麵包樹的幼苗，就必須及時根除。那是非常枯燥乏味的工作，但也特別容易。」

有一天，小王子勸我以此為題，花點心思畫一幅好圖畫，以便把這個道理灌輸到地球孩子的腦子裡。他對我這樣說道：「將來有一天他們去旅行，明白這個道理會有好處。把自己的工作往後拖延，有時候也沒什麼大礙。可是，對付猴麵包樹若是馬虎了一點兒，那必定會釀成大禍。我知道有那麼一個星球，住著一個懶惰的人，他對三棵小樹掉以輕心，結果……」

於是，我按照小王子的提示，畫出了那個遭遇大難的星球。我一向不喜歡板起面孔，拿出一副說教者的腔調。不過，我們幾乎對猴麵包樹的危害一無所知，而且，一個人若是迷失在一顆小行星上，所冒的風險特別巨大，因此，我破例一次，打破沉默，我要告誡大家：「孩子們！要小心猴麵包樹啊！」

就像我一樣，我的朋友們早就處在危險邊緣卻渾然不覺；所以正是為了他們，我才盡心盡力畫這幅畫。我以這種方式學到的這一課，讓之前遇到的所有麻煩都值得了。

猴麵包樹

也許你們會問說:「這本書裡的其他插圖,為什麼都不如猴麵包樹這幅畫這樣宏偉令人印象深刻?」答案很簡單。我也試圖畫得宏偉些,但是沒有成功。而我畫猴麵包樹時,有一種特別急切的心情在激勵著我,自然效果就出來了。

VI

小王子啊,我就是這樣一點一點地,了解到你那小小的憂傷生活的祕密⋯⋯你生活中很長一段時間,唯一的樂趣就是觀看落日。我是在第四天的早上,得知這一新的細節,當時你對我說:

「我特別愛看落日。走,現在我們一起去看看落日吧!」

「那得等一等⋯⋯」

「等什麼呀?」

「等太陽西沉啊!」

你乍一聽,那樣子非常吃驚,接著又自己笑起來。然後,你對我說:

「我總以為是在自己的家鄉呢!」

　　確實不一樣。大家都知道,當美國日正當中,也就是太陽在法國即將下山的時候。要想觀賞落日,必須用一分鐘的工夫趕到法國才行。
　　可惜美國離法國太遙遠了。不過,小王子,你那星球小極了,只要挪動幾步椅子就可以。因此,你想看,隨時都能看到落日……
　　「有一天,我看了四十四回落日呢!」
　　過了片刻,你又補充一句:

「要知道⋯⋯人特別憂傷的時候,就愛看落日⋯⋯」

「看四十四回落日那天,你真的特別憂傷嗎?」

小王子沒有回答這句問話。

VII

來到第五天,得力於那隻小綿羊,小王子生活的這個祕密終於向我透露出來。好像默默思索了很久,得出了什麼結果似的,他突然沒頭沒腦地問我:

「綿羊如果啃灌木吃,那牠也吃花兒吧?」

「羊碰到什麼就吃什麼。」

「連帶刺兒的花也吃嗎?」

「對,連帶刺兒的花也吃。」

「那麼,長了那些刺,有什麼用啊?」

我也不知道有什麼用。當時我正忙著,想要卸下發動機上一顆擰得太緊的螺絲。我憂心忡忡,開始意識到飛機的故障很嚴重,而喝的水快要用盡,實在擔心出現最糟的情況。

「長了那些刺,有什麼用啊?」

小王子一旦提出了問題,就非要問到底,絕不放棄。我擰不下螺絲,正惱火得要命,就隨口敷衍了一句:

「那些刺什麼用也沒有,純粹是花兒想使壞罷了!」

「哦!」

他沉默了片刻之後,又帶著幾分惱恨,反駁我說:

「你這話我不信!花都是嬌弱的。花兒也太天真了,總是想盡辦法自我安慰,自以為長了刺就沒人敢招惹她了⋯⋯」

我沒有應聲。當時我心裡正在嘀咕:「這顆螺絲,如果還擰不下來,我就乾脆一錘子把它打下來。」小王子再次打亂了我的思路。

「可是你,卻認為花兒⋯⋯」

「行了!行了!我什麼也不認為!剛才我只是隨口說一句。我正忙著呢,有要緊的事!」

小王子愕然地注視我。

「有要緊的事!」

他看見我手上拿把錘子,手指沾滿了油污,正俯身面對一件他一定覺得很醜陋的東西。

「你這樣說話真像那些大人了!」

他這話讓我有點羞愧。但是他毫不留情,緊接著又補充一句:

「你什麼都分不清⋯⋯把什麼都攪在一起！」

他真的非常惱火，一頭金髮在風中搖曳。

「我到過一個星球，上面住著一位紅臉膛的先生。他從來沒有聞過一朵花，從來沒有望過一顆星星，從來沒有愛過任何人。除了做算術以外，他從來就沒有做過別的事情。他也跟你一樣，整天重複這句話：『我有正事要忙！我有正事要忙！』這讓他充滿了自豪感。然而，那不是個人，而是一株蘑菇！」

「一株什麼？」

「一株蘑菇！」

小王子這會兒已經氣得臉色發白了。

「幾百萬年以來，花就長刺。幾百萬年以來，羊還是照樣吃花。花兒費了那麼大的勁，長出了從來就毫無用處的刺，弄清楚這是為什麼，不是件很嚴肅的事情嗎？羊和花之間的戰爭，不是很重要的事情嗎？難道這不比那個紅臉膛的胖先生的數字更嚴肅、更重要嗎？再說了，假如世界上有一種獨一無二的花，只生長在我那個星球上，任何別的地方都見不到，而說不定哪天早晨，一隻小綿羊糊裡糊塗地，就一口把花兒吃掉了⋯⋯我要弄清楚這件事，難道不重要嗎？」

小王子臉都漲紅了，接著說道：

「如果有個人愛上一朵花，在好幾百萬好幾百萬顆星球之間,只有一顆上面長著這朵花,那他只要望著繁星,就會感到非常幸福。他會自言自語說:『我的花兒就在其中一顆星星上……』,可是,如果羊兒吃了那朵花,這對那個人來說,就好像滿天的星星突然一下子都熄滅了!這樣的事,難道不重要嗎?」

他突然抽抽噎噎地哭了起來,再也說不下去了。

夜幕降臨了。工具都丟在一邊，我的什麼錘子呀，螺絲釘呀，口渴呀，死亡呀，我全都拋在腦後了。在一顆星星，一顆我所在的行星，在這個地球上，有一個小王子，需要有人安慰啊！我一把將他抱在懷裡，輕輕地搖著，對他說道：「你喜愛的那朵花不會有危險……我再給你那隻小羊畫一副嘴套，給你的花兒畫一個護欄……我……」我不知道再說什麼好了，只覺得自己的嘴太笨了。我不知道怎樣才能接近他、觸動他的心扉……淚水的世界，是多麼神祕啊！

VIII

我很快對這朵花有了更多的了解。在小王子的那顆小行星上，過去一直長著些很簡單的花，這些花只有一層花瓣，不占地方，也不會妨礙任何人。那些花清晨在草叢中開放，一到晚上就凋謝了。有一天，一顆不知從哪兒來的種子發了芽，長出的幼苗跟別的幼苗都不一樣，小王子小心翼翼地觀察這株幼苗，懷疑它說不定是猴麵包樹的一個變種呢。

但是沒過多久,這株小植物就停止生長,開始孕育花朵了。小王子眼看著它長出來一個很大的花蕾,心想這花蕾裡一定會出現奇妙的景象。可是,這朵花總躲在綠色的花萼裡,沒完沒了地打扮自己。她精心挑選自己的顏色,慢吞吞地穿上衣裙,

一片一片地理順自己的花瓣。她不願意像罌粟花那樣，一亮相就皺巴巴地。她要讓自己光豔照人地來到世間。嗯！是的。她嬌艷極了！她那神祕的裝扮就這樣日復一日持續地進行著。

終於，在一天清晨，太陽剛升起的時候，她綻放了。

而她呢，在精心打扮了那麼久之後，這會兒卻打著哈欠說：

「噢！我剛睡醒……真對不起……我還亂糟糟的呢……」

可是，小王子卻情不自禁地讚美道：

「妳真美啊！」

「可不是嗎？」花兒柔聲地回答，「我可是跟太陽同時誕生的呢……」

小王子看得出來，這花兒不太謙虛，不過，她實在太漂亮了！

「我想，這是該用早餐的時間了，」她隨即又說，「是否可勞你費心給我準備點？」

小王子聽了，很不好意思地趕緊去提來一壺清水，給這朵花兒澆水。

花兒就是這樣，特別愛慕虛榮，又有點愛耍小性子，她很快就折磨起小王子。有一天，她提起身上長的四根刺時，對小王子說道：

「那些老虎，張牙舞爪，要來就儘管來吧！」

「我這星球上沒有老虎，」小王子指出，「再說了，老虎也不吃草。」

「我也不是一株草呀！」花兒輕聲細語地回答。

「真對不起……」

「我一點都不怕老虎,可是我怕風。你有沒有屏風啊?」

「怕風⋯⋯對於一株植物來說,那可不是一件好事,」小王子早就注意到了,「這株花兒真是讓人難以理解⋯⋯」

「到了晚上,」花兒又說道,「你就用罩子把我罩起來,你這地方太冷,在這裡生活真不舒服。要說我原來的那個地方⋯⋯」

花兒說到這兒，忽然打住不說了。其實，她來的時候，不過是一粒花籽兒，根本不可能知道別的世界。讓人發現她說的謊這麼容易被看穿，她又羞愧又懊惱，趕緊乾咳了兩三聲，想讓小王子自覺理虧。

「屏風呢？」

「我剛才本來要去找的，但你一直跟我說話！」

這時，花兒又使勁咳了幾聲，不管怎麼說，她得讓小王子感到內疚不可。

這樣一來，小王子儘管真心真意喜愛這朵花兒，可還是很快就對她起了疑心。本來是無關緊要的話，他也全當真了，自己反而弄得痛苦不堪。

「當時我就不該聽她那些話，」有一天，小王子對我說了心裡話。「永遠也不要聽花兒說什麼，只要看著她、聞著花香就行了。我的那朵花兒讓我的星球芳香四溢，我卻不懂得享受。花兒講老虎張牙舞爪的那種閒話，我聽了本來應該同情她才對，卻反而惹得我那麼生氣……」

小王子還向我吐露心聲：

「那時候，我什麼都不懂！我本來應該根據她做什麼而不是聽她說什麼來評價她。她給我的星球帶來芳香，為我的生活帶來光彩。我真不應該逃走!早就應該猜到,她那種小伎倆的背後,是掩藏著她的溫情。花兒總是那麼表裡不一!可是,我那時太年輕,還不知道該如何去愛她。」

IX

想必小王子是借助候鳥的遷徙而離家出走的。在他準備出發的那天早上，他將自己的星球收拾得整整齊齊，把上頭的活火山打掃得乾乾淨淨。他擁有兩座活火山，早上把早餐加熱很方便。他還有一座死火山，不過，正如他所講的：「會不會再噴發，很難說呀！」所以他也把死火山的噴發口給清理通暢了。火山口保持通暢，火山就會慢慢地有規律地燃燒，才不會突然地大爆發。火山爆發就跟煙囪裡的火焰差不多。當然，在地球上，人們顯然個頭兒太小，沒辦法清理火山口。這就是為什麼，火山爆發給我們帶來許多麻煩。

小王子也把剩下的最後幾棵猴麵包樹的小樹苗給全拔了。他有點憂傷，他認為自己再也不會回來了。不過，臨行的那天早晨，當他做這些日常的家務事時，每件都感到無比親切。他最後一次給他那花兒澆了水，在準備給她放上玻璃罩時，他發現自己真想痛哭一場。

「再見了。」他對花兒說道。

可是，花兒沒有應聲。

「再見了。」他又說了一遍。

「他小心翼翼地清掃了活火山口。」

花兒咳嗽了一陣子，但不是由於感冒。

「這陣子我真愚蠢，」她終於對小王子說道，「請你原諒我，但願你能幸福。」

花兒沒有責備他，小王子感到很驚訝。他舉著罩子，愣愣地站在那裡，不明白花兒為什麼會這樣溫柔恬靜。

「其實嘛，我愛你，」花兒向他坦露，「可是，由於我的過錯，你絲毫也不了解我的心意。現在說這話，已經毫無意義了。不過，你也同我一樣傻。但願你能幸福……把這個玻璃罩丟到一邊去吧，我再也用不著了。」

「可是，一刮起風來……」

「我並不是那麼弱不禁風……夜晚的涼風對我倒是有益處。我是一朵花呀！」

「要是有蟲子野獸……」

「我想認識蝴蝶，總得忍受兩三條毛毛蟲的騷擾。蝴蝶似乎非常美麗。沒有蝴蝶，還有誰來看我呀？你就要離開了。至於那些大野獸，我才不怕呢，我也有利爪。」

花兒說著，天真地伸出她那四根尖刺兒。隨後她又說：

「別這樣拖拖拉拉的了，太煩人了。你既然決定要走，那就快走吧。」

她是怕小王子看見她在哭。她是一朵非常驕傲的花……

X

小王子進入了第 325 號、326 號、327 號、328 號、329 號和 330 號小行星群的區域，他逐一拜訪這些星球，一來想讓自己忙碌，二來也想長長見識。

頭一顆小行星住著一位國王，身穿一件毛皮大紫袍，端坐在非常簡陋又不失威嚴的寶座上。

「哦！來了一個子民！」國王一望見小王子，便高聲說道。

小王子則心中暗忖：

「他從來就沒有見過我，怎麼會認識我呢？」

小王子哪裡知道，在那些國王眼裡，世界被簡化了：所有人都是他們的子民。

「走上前來，讓我好好看看你。」國王吩咐道，他好不得意，終於能在一個人面前稱王了。

小王子遊目四望，想找個地方坐坐，可是，國王那件華麗的毛皮大紫袍，將整個星球都占滿了。小王子只好原地站著，因為旅途疲勞，他就打起哈欠。

「在國王面前打哈欠，有違宮廷禮儀。」那位國王說道，「我禁止你打哈欠。」

「我實在忍不住，」小王子不好意思地回答，「我長途旅行來到這裡，還沒闔過眼呢……」

「那好,」國王對他說道,「我命令你打哈欠。我已經好多年沒見過人打哈欠了,對我來說,打哈欠很有意思。好吧!再打個呵欠。這是命令。」

「那嚇到我了……我現在打不出哈欠來了……」小王子滿臉通紅地說道。

「嗯!嗯!」國王答道,「那麼,我……我就命令你,一會兒打哈欠,一會兒……」

看來國王頗為生氣,說話都有點含混不清了。

這是因為國王最看重的,是他的權威受到尊重,他不能容忍有人違抗命令。他是一個專制的君主,不過,他心地非常善良,下命令總要合情合理。

「假如我命令,」國王非常自然地說道,「命令一位將軍變成一隻海鳥,而那位將軍不服從命令,那就不是將軍的過錯,而是我的過錯。」

「我可以坐下來嗎?」小王子膽怯地問道。

「我命令你坐下。」國王回答,他以威嚴的姿勢,往回拉了拉他那毛皮大紫袍的下擺。

小王子不免詫異。這個星球這麼小,國王能統治什麼呢?

「陛下,」小王子冒昧地問道,「對不起,我想問一問……」

「我命令你問寡人。」國王趕緊說道。

「國王那件華麗的毛皮大紫袍，將整個星球都占滿了。」

「請問陛下⋯⋯您統治什麼呢？」

「統治一切。」國王乾脆地回答。

「一切？」

國王審慎地打了個手勢，指了指他的星球、其他的星球和天空的繁星。

「統治所有這一切？」小王子問道。

「所有這一切⋯⋯」國王回答。

如此看來，他就不僅僅是一國的國王，還是全宇宙的國王。

「那些星星都服從您嗎？」

「當然了，」國王對他說道。「他們立刻就得服從。我絕不容忍違抗命令。」

這麼大的權力讓小王子驚歎不已。他本人若是掌握了這樣的權力，那麼在同一天裡，他就不止能看到四十四次日落，而是能看上七十二次，甚至一百次、兩百次，連座椅都不用挪一挪！現在想起他離棄的那顆小小星球，小王子還真感到有些傷心。於是，他就壯著膽子，請求國王一個恩典：

「我想看一次落日⋯⋯請您恩准⋯⋯命令太陽落下去⋯⋯」

「假如我命令一位將軍像蝴蝶那樣，從一朵花飛到另一朵花上，或者命令他寫出一齣悲劇，或者命令他變成一隻海鳥，而那位將軍拒不執行命令，那麼他的過錯是誰造成的，是他還是我呢？」

「恐怕是您造成的。」小王子斬釘截鐵地回答。

「一點也沒錯，必須要求每個人去做他力所能及的事情。」國王接著說道，「權威，首先要建立在理性的基礎上。假如你命令自己的百姓去跳海，那麼他們就會起來革命。我下的命令是合乎情理的，因此才有權要求大家服從。」

「那麼，我希望看到的落日呢？」小王子提醒說。他一旦提出一個問題，不得到答覆絕不會忘記。

「你希望看到落日，肯定能看到。我會對太陽提出要求。不過，我自有統治的技巧，要等到條件有利時再下命令。」

「那要等到什麼時候呢？」小王子又問道。

「嗯！嗯！」國王一邊答應著，一邊查閱一部大日曆，「嗯！嗯！大約……大約……今天晚上七點四十分！到那時候你就會看到我的命令完全得到執行。」

小王子打了個哈欠。落日是看不到了，他不免有點遺憾。而且，他在這裡也已經頗感無聊了。

「我在這裡沒有什麼事可做了，」小王子對國王說，「我要重新上路了！」

「不要走啊，」國王好不容易有了一個子民，正得意非凡，便應聲答道，「不要走，我封你當大臣！」

「什麼大臣？」

「就是……司法大臣！」

「可是，審判誰，沒有人呀！」

「這很難說，」國王則說道，「我還沒有巡視我的王國呢。我年紀大了，這裡又沒有地方停靠馬車，要我走路又太累了。」

「噢，是嗎？可是我都已經看過了，」小王子一邊說，一邊彎著身子，又望了一眼星球的另一側。那邊一個人也沒有……

「那你就自己審判自己吧，」國王回答，「這才是最難的事呢。評價自己，總要比評價別人難得多。正確地評價自己，假如你能做到，那你就是一個真正的智者了。」

「我在什麼地方都可以審視自己，」小王子答道，「沒有必要住在這裡。」

「那麼，」國王又說道，「我確信有一隻老鼠躲在我這星球的某個地方。夜間我聽見牠的動靜。你可以審判那隻老鼠，隔一段時間就判牠一回死刑。這樣，牠的性命就由你的審判來主宰了。不過，你每回判牠死刑，還必須赦免牠。這個星球只有這麼一隻老鼠。」

「我嘛，」小王子回答，「我可不愛判處誰死刑，看來我非走不可了。」

「你不能走。」國王說道。

小王子已經做好了出發的準備，但他一點也不願意惹老國王傷心，便說道：「陛下如果希望命令立刻得到服從，那就給我下一道合理的命令。比方說,陛下可以命令我一分鐘之內必須啟程。我覺得現在執行這道命令的條件是有利的⋯⋯」

國王沒有應聲,小王子猶豫了片刻,最後歎了口氣,啟程走了⋯⋯

「我派你去當大使!」國王急忙高聲說道。

國王下令時神氣十足,真是無比威嚴。

「那些大人真是怪得很!」小王子在旅途中,不禁自言自語。

XI

第二顆星球上,住著一個愛慕虛榮的人。

「哈!哈!有個仰慕者來拜訪啦!」這個愛慕虛榮的人遠遠望見小王子,便高聲嚷道。要知道,在那些愛慕虛榮的人眼裡,別人都成了他們的仰慕者。

「你好,」小王子上前打招呼,「你這頂帽子可真好玩。」

「這是用來回禮的，」愛慕虛榮者回答說，「有人向我歡呼的時候，我就揮揮帽子還禮。只可惜，還沒有一個人從這裡經過。」

「是嗎？」小王子說道，他一時還沒有弄明白。

「你用兩隻手鼓掌。」愛慕虛榮者向小王子建議道。

小王子照辦了，開始鼓掌，愛慕虛榮者謙虛地舉起帽子向小王子答禮。

「這可比拜訪那位國王有趣多了。」小王子心想。於是，他又開始鼓起掌來，而那位愛慕虛榮者再次舉起帽子回禮。

這樣玩鬧了五分鐘之後，小王子開始厭膩了這種單調的遊戲。

「要怎麼樣，才能讓這頂帽子掉下去呢？」小王子問道。

這個愛慕虛榮者哪裡聽得見。凡是愛慕虛榮者，除了讚美的話，什麼也聽不見。

「你真的非常崇拜我嗎？」他問小王子。

「崇拜是什麼意思呀？」

「崇拜，就意味你承認我是這個星球上最英俊、服裝最華麗、最富有、最聰明的人。」

「可是這星球上，只有你一個人啊！」

「你就讓我高興一下，就這樣讚美我吧！」

「哈!哈!有個仰慕者來拜訪啦!」

「我崇拜你，」小王子輕輕地聳了聳肩膀說道，「可是，這有什麼能讓你這麼感興趣的呢？」

　　說完，小王子便走掉了。

　　「大人就是這麼奇怪。」小王子心裡這麼想著，又繼續他的旅程。

XII

　　下一個星球上住著一個酒鬼。這次短暫的拜訪，卻讓小王子深深陷入極大的憂傷中。

　　「你在這幹什麼呢？」小王子問酒鬼。這個人安靜地坐著，在他旁邊放著一堆酒瓶子，有的盛滿了酒，有的瓶子是空的。

　　「我在喝酒呢！」酒鬼哭喪著臉回答。

　　「為什麼要喝酒啊？」小王子又問道。

　　「為了忘記。」酒鬼回答。

　　「忘記什麼？」小王子心生憐憫，接著問道。

「下一個星球上住著一個酒鬼。」

「為了忘記我的羞愧。」酒鬼低下頭坦誠地說。

「你羞愧什麼呢？」小王子很想幫助他。

「羞愧我喝酒啊！」酒鬼講完這句話，就閉上嘴巴再也不肯開口了。小王子很迷惑地走開了。

他自言自語說：「大人真的非常非常奇怪啊！」然後繼續踏上他的旅程。

XIII

第四顆星球的居民是個商人。這個商人非常忙碌，當小王子到來時，他都無暇抬頭看一眼。

「你好，」小王子向他打招呼，「你的香菸熄滅了。」

「三加二等於五。五加七，十二。十二加三，十五。你好。十五加七，二十二。二十二加六，二十八。我沒空再把菸點著。二十六加五，三十一。好傢伙！總共是五億零一百六十二萬兩千七百三十一。」

「五億什麼？」小王子問。

「哦?你怎麼還在這兒?五億零一百萬⋯⋯我也不記得是什麼了⋯⋯我的工作很繁重!我可是個嚴肅認真的人,根本沒有閒心說廢話!二加五等於七⋯⋯」

「五億零一百萬什麼呀?」小王子重複問道。他一旦提出問題,就非要問到底,從來不放棄。

那商人終於抬起頭,說道:

「我住在這個星球上五十四年以來,只被打擾過三次。第一次是二十二年前,天曉得從哪兒飛來一隻金龜子,發出嗡嗡的吵鬧聲,吵得我在一項加法中出了四個錯。第二次是在十一年前,我得了風濕痛,是因為缺少運動的關係,我哪裡有時間閒逛呢。我這個人就是認真負責。第三次……就是現在!我說到總共五億零一百萬……」

「一百萬什麼呀?」

這個商人這才明白,他不搭理就休想清靜,便說道:「就是那些小東西,你望望天空就看得見。」

「是蒼蠅嗎?」

「不是,是閃閃發亮的小東西。」

「是蜜蜂嗎?」

「不是。是金光閃閃的小東西,能引起那些懶惰的人胡思亂想。不過,我可是個嚴肅認真的人!我沒有閒工夫胡思亂想。」

「哦!是星星吧?」

「說對了,正是星星。」

「你要拿這五億顆星星做什麼呀?」

「是五億零一百六十二萬兩千七百三十一顆星星。我是個嚴肅認真的人,做什麼都講究準確。」

「這麼多星星,你拿來做什麼呀?」

「我拿來做什麼?」

「是啊。」

「什麼也不做。它們是屬於我的。」

「你擁有這些星星?」

「對。」

「可是,我見到過一位國王,他……」

「那些國王並不擁有,他們只是統治……這兩者差別大著呢。」

「你擁有這些星星,究竟有什麼用啊?」

「擁有這些星星能讓我變得很富有。」

「變得很富有有什麼用呀?」

「再去買別的星星,如果有人發現新的星星的話。」

小王子不免在心裡嘀咕:「這個人說起事兒來,就跟那個酒鬼差不多了。」

可是,他還是問這問那:

「你怎麼能擁有這些星星呢?」

「你是問這些星星歸誰所有吧?」脾氣暴躁的商人反問道。

「我不知道。它們不歸任何人所有。」

「那它們就歸我所有了，因為，我是頭一個想到占有的。」

「這樣就行了嗎？」

「當然了。你發現一顆鑽石，如果它沒有主人，那它就是你的了。如果你發現一座沒有主人的島嶼，那它就歸你了。你若是頭一個萌生一個創意，就去申請專利，這個創意就歸你所有了。我呢，我擁有這些星星，因為在我之前，從來就沒有人想到要占有這些星星。」

「確實如此。」小王子說道，「那麼，你擁有星星要做什麼呢？」

「我來管理呀。我一遍又一遍地計算它們的數目，」商人答道，「這是一件困難的工作，但我是個嚴肅認真的人！」

聽了這樣的回答，小王子仍然不滿意。

「如果是我，有一條圍巾，我就圍在脖子上，走到哪兒都圍著。如果是我，有一朵鮮花，我就摘下來，插在胸前，走到哪兒都戴著。可是你呢，不可能上天去摘星星呀！」

「是不能，可是我可以把它們存入銀行。」

「這是什麼意思？」

「這就是說，我用一張紙條，寫下我那些星星的總數。然後，我就把這張紙條鎖在銀行保險櫃的一個抽屜裡。」

「那樣就算完事了？」

「那樣就行了！」

「真有意思，」小王子心想，「這種行為還蠻有詩意的，可是,並不算是了不起的正經事。」

什麼是嚴肅正經的事兒,小王子的看法與大人的看法非常不同。他接著又說:

「我擁有一花朵,每天都給她澆水。我還擁有三座火山,每星期都要通一通火山口,甚至連死火山我也照樣保持火山口暢通,以防萬一呀。所以我擁有火山和花,這對我的火山有用處,對我的花也有用處。可是你呢,對那些星星根本一點用處也沒有⋯⋯」

商人聽了張口結舌,一時無言以對。於是,小王子便揚長而去。

「這些大人們真是奇怪極了。」小王子走在旅途上,心裡只是這麼想著。

XIV

第五顆星球特別有意思,是所有星球中最小的一顆,剛好只容得下一盞路燈和一名點路燈的人。小王子實在無法理解,在浩瀚的宇宙中,一顆小小的星球,既沒有房舍又沒有居民,偏偏

「點燈是件累死人的活兒。」

立了一盞路燈，派一名點燈人，究竟有什麼用呢？不過，他還是這樣自言自語：

「也許這個點燈的人是個愚蠢的傢伙，可是都不如那位國王、那個愛慕虛榮的人、那個商人、那個酒鬼來得愚蠢。至少，他這工作還有點意義。他點亮這盞路燈，就好像他讓一顆星星或是一朵花誕生到這世上。他熄滅了這盞路燈，又好像讓花兒或者星星入睡了。這件工作挺了不起的，既然了不起，就一定有用處。」

小王子到達這個星球時，非常有禮貌地向點燈人問好：

「早安。你剛把路燈熄滅了，為什麼呀？」

「這是指令，」點燈人回答，「早安。」

「什麼是指令啊？」

「就是指示我熄滅路燈。」點燈人又說了一聲，「晚上好。」

接著，他又把路燈點亮了。

「你怎麼又把路燈點亮了？」

「這是指令。」點燈人回答。

「我不明白。」小王子說道。

「這其中沒有什麼要弄明白的，」點燈人說道，「指令就是指令。早安。」

說著說著，他又熄滅了路燈。

接著，他拿出一塊紅方格小的手帕，擦拭額頭的汗。

「這活兒能把人累死。以前還說得過去,早上熄燈,晚上點燈,剩下的時間,白天我就休息,晚上我就睡覺⋯⋯」

「後來呢?指令就變了嗎?」

「指令倒是沒有變,」點燈人答道,「事情糟就糟在這裡。這顆星球自轉一年比一年快,而指令卻沒有改變!」

「那又怎麼樣?」小王子問道。

「現在可倒好,每分鐘自轉一週,我連一秒鐘喘息的時間都沒有了。每分鐘我就得點一次燈,熄一次燈!」

「這也太有趣啦!你這裡一天只有一分鐘長!」

「這一點也不好玩,」點燈人說,「我們說話這工夫,一個月就已經過去了!」

「一個月?」

「對。三十分鐘,正好三十天。晚安。」點燈人邊說著邊點亮路燈。

小王子瞧了瞧點燈人,覺得他一絲不苟,完全忠於指令,心裡倒喜歡上這個人了。回想起自己從前挪動椅子追趕落日的情景,他很想幫助眼前的這位朋友。

「告訴你⋯⋯我知道一種辦法,可以讓你想休息就休息⋯⋯」

「我總是想休息。」點燈人說。

一個人有可能既忠於職守，又很懶惰。

小王子接著說道：

「你的星球這麼小，走三步就能繞一圈。你只要走慢一點兒，就可以一直在太陽的照耀下。你想休息的時候，就這麼走……那麼，你想要白天有多長它就有多長。」

「這也解決不了我多大的問題，」點燈人回答，「生活中我喜歡的還是睡覺。」

「那你真不走運。」小王子說道。

「沒錯。」點燈人說道，「早安。」

說完，他又熄滅了路燈。

小王子在繼續往前的旅途中，不由得想起：「這個點燈人可能讓其他所有人、讓那位國王，那個愛慕虛榮者，那個酒鬼、那個商人瞧不起。但是在我看來，唯獨這個點燈人不那麼愚蠢可笑。這也許是因為他不是為自己而忙碌。」

小王子歎了一口氣，心中頗感遺憾，接著又想道：

「只有這個點燈人，我還可能跟他交個朋友。可惜他的星球實在太小了，容不下兩個人……」

其實，小王子沒有勇氣承認的是，他離開那個令人讚美的星球，遺憾的主要原因，還是那裡每二十四小時就有一千四百四十次日落。

XV

第六顆星球比前一顆要大上十倍，上面住著一位老先生，他正在寫一本大部頭的書。

「咦！來了一個探險家！」老先生一看見小王子，便高聲說道。

小王子坐到桌子上，稍微喘口氣，他長途跋涉，已經走了很久。

「你從哪兒來？」老先生問道。

「這麼一大本是什麼書啊？」小王子問道，「你在這裡幹什麼呢？」

「我是地理學家。」老先生回答。

「什麼是地理學家？」

「就是一種學者，知道哪裡有海洋，哪裡有河川，知道城市、山脈和沙漠的位置。」

「這倒很有意思，」小王子說道，「總算遇見一個有真正職業的人！」他向四面張望，想了解一下地理學家的這個星球。他還從來沒有見過一顆如此壯觀的星球。

「你的星球真美呀！這裡有海洋嗎？」

「我不知道。」地理學家回答。

「啊!」小王子大失所望,又問道,「那麼有山脈嗎?」

「我不知道。」地理學家同樣回答。

「那麼有城市、有河流、有沙漠嗎?」

「這我也不知道。」地理學家還是照樣回答。

「可是你是地理學家呀!」

「一點也沒錯，」地理學家答道，「但我不是探險家。我這裡根本沒有探險家。地理學家不會到處跑去勘察那些城市、山川河流、海洋和沙漠，這不是地理學家該做的事兒。地理學家身分特別重要，不能到處亂跑。他不能離開辦公室，而是在辦公室裡接見那些探險家，詢問各種情況，把他們的回憶記錄下來。他們當中如果有哪個人的回憶引起地理學家的興趣，他還得考察那個人的品德一番。」

「這是為什麼呢？」

「因為，一名探險家說了謊，會給地理學家的書造成災難性的後果。同樣，一個太愛喝酒的探險家也是如此。」

「這是為什麼呢？」小王子問道。

「因為喝醉酒的人會把一個看成兩個，那麼，地理學家就會把本來只有一座山的地方寫成兩座山了。」

「我認識一個人，」小王子說道，「要他勘察的話，鐵定會壞事。」

「那很有可能。因此，即使探險家的品德看來不錯，那還得調查他的發現。」

「去實地考察嗎？」

「不，那就太麻煩了。只是要求那個探險家提供證據。例如，他發現了一座大山，那就要求他帶回一些大石頭。」

說到這裡,地理學家忽然興奮起來。

「對了,你來自遙遠的地方!你是探險家呀!你來給我描述一下你的星球吧!」

地理學家隨即打開筆記本,還削尖了鉛筆。他總是先用鉛筆記錄探險家們的描述,等他們提供了證據之後,他再用鋼筆記下來。

「怎麼樣?」地理學家期待地問道。

「唔!我住的星球,」小王子說道,「談起來沒有多大意思,就那麼一點點大。我有三座火山,兩座活火山和一座死火山。死火山還會不會噴發,很難說呀。」

「是很難說。」地理學家說道。

「我還有一朵花兒。」

「我們不記錄花卉。」地理學家強調。

「為什麼不記錄呢!那可是最美的花!」

「因為花轉瞬即逝。」

「『轉瞬即逝』是什麼意思?」

「地理學著作是所有書籍中最嚴肅的書,永遠也不會過時。很少會發生一座高山變換了位置,也很少會出現一片海洋乾涸的現象。我們記載的是永恆的事物。」

「可是，死火山有可能蘇醒過來呢，」小王子打斷了地理學家問道，「『轉瞬即逝』究竟是什麼意思啊？」

「火山，熄滅了也好，蘇醒了也罷，在我們地理學家看來都是同一碼事，」地理學家說道，「對我們來說，重要的是山，而山是不會移動位置的。」

「可是，『轉瞬即逝』到底是什麼意思啊？」小王子一再追問，他向來如此，一旦提出一個問題，就絕不放棄。

「意思就是，『有很快就會消失的危險』。」

「我那朵花是很快就會消失的嗎？」

「當然了。」

「我的花『轉瞬即逝』，」小王子自言自語地說，「她只有四根刺保護自己，對付外界！而我竟然把她獨自留在家裡！」

這是他離開家園後，頭一次萌生悔意。不過，他還是鼓起勇氣，問那位老先生：

「請你指點一下，我該去哪兒探訪呢？」

「去地球吧，」地理學家回答，「那顆星球的名聲不錯……」

小王子又上路了，心中惦念著他那朵花兒。

XVI

第七顆星球便是地球。

地球可不是一顆尋常的星球！地球上計有一百一十一位國王（當然也包括黑人國王）、七千位地理學家、九十萬個商人、七百五十萬名酒鬼、三億一千一百萬個愛慕虛榮的人，換句話說，大約有二十億的成年人。

為了讓你們對地球的大小有個概念，我要告訴你們，在發明電燈之前，在六大洲上為了點路燈，需要一支為數四十六萬兩千五百一十一名點燈人的大軍。

從稍遠的地方看過去，它給人一種壯麗輝煌的印象。這支點燈大軍動作協調一致，就像歌劇院舞臺上的芭蕾舞姿一樣。首先登場的是紐西蘭和澳大利亞的點燈人，他們點亮路燈後就去睡覺了。中國和西伯利亞的點燈人接著上場，隨後也消失在布幕後方。然後就輪到俄國和印度的點燈人出場，接下來則是非洲與歐洲的，緊跟在後的是南美洲與北美洲。他們一個接一個上場，從不會搞錯次序，真是了不起。

只有北極的點燈人和南極的點燈人，過著懶散無聊的生活：他們各自僅有一盞路燈，每年只需點亮兩次。

XVII

　　一個人想要風趣點的時候，說話就可能會不大實在。在給你們講點燈人的時候，我就不那麼實事求是，很可能讓那些不了解我們地球的人產生誤解。其實在地球上，人們所占的空間很小。如果住在地球上的二十億人全站著，並且像開大會一樣靠得緊些，那麼就可以從容地站在一個二十英里見方的廣場上。也就是說，可以把人類全部聚在太平洋中一個最小的島嶼上。

　　當然了，那些大人是不會相信你們的。他們自以為占有很大的地方，把自己看得像猴麵包樹那樣大得了不起。你們不妨建議他們計算一下。這樣會使他們很高興，因為他們非常喜歡數字。不過，你們可不要把時間浪費在這種無聊的事情上。根本沒有必要。你們要相信我。

　　小王子一到了地球，便感到十分奇怪，他一個人也沒看到。當他正擔心自己是否走錯了星球，這時，忽然看見一條彎曲的、像月光一樣的淡黃色東西在沙地上蠕動。

　　小王子毫無把握地隨便說了聲：「晚安。」

　　「晚安。」一條蛇應聲答道。

　　「我這是落到哪顆星球上啦？」小王子問道。

　　「在地球上，這裡是非洲。」那條蛇回答。

　　「啊！⋯⋯地球上怎麼一個人也沒有啊？」

　　「這裡是沙漠，沙漠裡沒有人。地球是很大的。」蛇說道。

「小王子一到了地球,便感到十分奇怪,他一個人也沒看到。」

小王子坐到一塊石頭上，仰望天空。

「我在想，」小王子說：「那些星星閃閃發亮，是否為了讓每個人將來有一天都能找到自己的星球。看，我那顆行星，正好在我們的頭頂上……可是，它離我們好遠喲！」

「你那顆星很美，」蛇說道，「你到這兒來做什麼呢？」

「我和一朵花兒鬧了彆扭。」小王子回答。

「哦！」蛇隨口應了一聲。

他們倆都沉默了下來。

「人都在哪兒呢？」小王子終於又開口問道，「在沙漠裡，總感到有點孤獨……」

「到了有人的地方，也一樣孤獨。」蛇說。

小王子看著這條蛇好一會兒。

「你的樣子真的好奇怪，」小王子終於說話了：「身子細得就跟手指頭一樣……」

「可是我比一位國王的手指頭更有力量。」蛇答道。

小王子微微一笑：「你不是那麼有力量……你連腳都沒有，甚至不能去到很遠的地方。」

「我可以帶你去到很遠的地方，甚至比一艘船能去的地方還遠！」

蛇說完，往前一捲，就纏在小王子的腳踝上，像一只金鐲子。

「任何被我碰到的人，我就送他們回老家去。」蛇又說道，「可是，你這麼純真，而且又是從另外一個星球來的……」

「你的樣子真的好奇怪,」小王子終於說話了:
「身子細得就跟手指頭一樣……」

小王子什麼也沒有回答。

「我覺得你真可憐,這麼弱小,來到這個布滿花崗岩的地球上。」蛇又接著說:「等哪天,你如果真的很想家的話,我可以幫你,我可以⋯⋯」

「唔!我明白你的意思,」小王子說,「可是你講起話來,為什麼總是像讓人猜謎語似的?」

「所有的謎語我都能解開。」蛇回答。

於是他們倆又都沉默了。

XVIII

小王子穿越沙漠,只見過一朵花,那朵花只有三片花瓣,是一朵很不起眼的小花。

「你好。」小王子說道。

「你好。」花兒回禮。

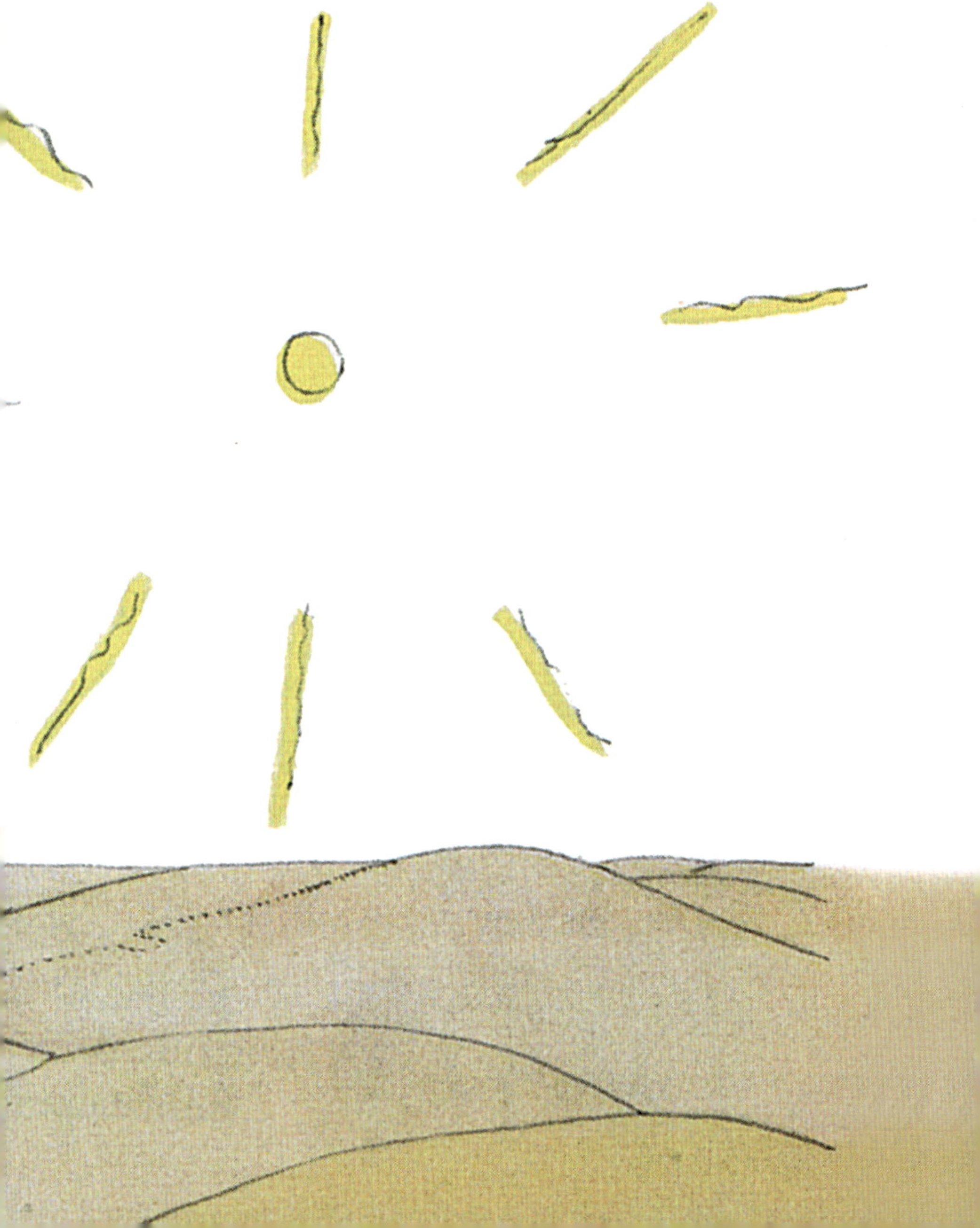

小王子非常有禮貌地問道:「人都在哪裡呢?」

有一天,這朵花曾看見一支駱駝商隊經過,便說:

「人嗎?我想大約有六、七個人。好多年前,我見過他們。可是,天曉得要到哪兒才能找到他們。風吹著他們到處飄。他們沒有根,這對他們來說是很辛苦的。」

「再見了。」小王子說道。

「再見。」花兒也說道。

XIX

小王子爬上一座高山。過去他所見過的山,就是那三座只有他膝蓋那麼高的三座火山,其中那座死火山,他還用來當作凳子坐。「從這麼高的山上,」小王子自言自語地說道:「我可以一眼看到整個星球和所有的人⋯⋯」可是除了一些鋒利的像劍一樣的懸崖峭壁,他什麼也沒看見。

「你好。」小王子試探性地喊了一聲。

「你好⋯⋯你好⋯⋯你好⋯⋯」一連串的回音響起。

「你是誰?」小王子問道。

「這個星球全都乾巴巴的,而且又尖利又偏僻。」

「你是誰……你是誰……你是誰……」又是一連串回音。

「做我的朋友吧，我很孤單。」小王子又說道。

「我很孤單……我很孤單……我很孤單……」還是一連串回音。

於是，小王子想道:「這個星球真奇怪！上面全都乾巴巴的，而且又尖利又偏僻，人們一點想像力都沒有，只會重複別人對他們講的話……在我的家鄉，我有一朵花，她總是先開口……」

XX

在沙漠、岩山和雪地上走了很長一段時間之後，小王子終於發現了一條大路。要知道，所有的大路都通往人住的地方。

「你們好！」他來到一座玫瑰盛開的花園。

「你好！」玫瑰花紛紛回答。

小王子注視這些花，她們全都長得和他的那朵花兒一樣。

「你們是誰？」小王子驚訝地問道。

「我們全是玫瑰花。」花兒們說道。

「啊!」小王子說。

他感到自己非常不幸。他的花兒曾對他說,她是整個宇宙中獨一無二的一種花。可是,光在這一座花園裡,就有五千朵跟她完全一樣的花!

小王子自言自語說:「眼前這樣的景象,我的花兒若是看到了,一定會很惱火⋯⋯她會咳得更厲害,也許還會佯裝死去,以免成為笑柄。而我呢,還不得不佯裝關心照顧她,否則的話,她可能會真的死去,好讓我感到終生遺憾⋯⋯」

接著他又說道:「我原以為自己很富有,擁有一朵獨一無二的花,結果,我有的僅是一朵普通的花。這朵花,再加上三座只有我膝蓋那麼高的火山,其中一座也許還永遠熄滅了。這一切不會使我成為一個了不起的王子……」於是,他躺在草叢裡哭了起來。

XXI

就在這時候,出現了一隻狐狸。

　　「你好。」狐狸問候道。

　　「你好。」小王子有禮貌地回答。他轉過身來,卻什麼也沒有看見。

　　「我在這兒呢。」那聲音說道,「就在蘋果樹下……」

　　「你是誰呀?」小王子問道,「你好漂亮……」

　　「我是狐狸。」狐狸回答。

　　「過來跟我玩吧,」小王子提議,「我現在很傷心。」

「他躺在草叢裡哭了起來。」

「我不能和你一起玩，」狐狸回答，「我還沒有被馴服呢。」

「哦！對不起。」小王子說。不過，他想了一下，又問道：「『馴服』是什麼意思啊？」

「你不是本地人，」狐狸說道，「你來尋找什麼？」

「我來找人，」小王子說，「『馴服』是什麼意思啊？」

「人，」狐狸說：「他們有槍，還經常打獵，那真的是很大的麻煩！他們也養雞。那是他們唯一的可取之處。你是來找雞的嗎？」

「不是，」小王子回答，「我是來找朋友的。你說的『馴服』究竟是什麼意思？」

「這是一件早就被遺忘的事情，」狐狸說，「『馴服』的意思就是『建立關係』……」

「建立關係？」

「沒錯，」狐狸說道，「你對我而言，就只是個小男孩，跟千萬個小男孩完全一樣。我不需要你，你也不需要我。同樣，我對你而言，就只是一隻狐狸，和千萬隻狐狸也沒什麼兩樣。但是，如果你馴服了我，我們之間就會有了彼此需要的關係了。你對我就是這世上唯一的了，我對你也是這世上唯一的了……」

「我開始明白了，」小王子說道，「有一朵花兒……想必她就馴服了我……」

「這很可能，」狐狸說道，「形形色色的事情，在地球上都能看到……」

「哎！我跟花兒的事，不是發生在地球上。」小王子說。

狐狸顯得十分驚訝，問道：

「那是在另一顆星球上？」

「對。」

「你那星球上有獵人嗎？」

「沒有。」

「那真是太好了！有小雞嗎？」

「也沒有。」

「人，」狐狸說：「他們有槍，還經常打獵。」

「沒有十全十美的事。」狐狸歎息地說道。

這時，狐狸又把話題拉回來：

「我的生活非常單調乏味。我獵食小雞，而人捕捉我。所有的雞都一模一樣，所有的人也都一模一樣。我真的有點厭煩了。不過，如果你馴服了我，那麼我的生活就一定會是歡快的。我就會熟悉一種與眾不同的腳步聲。我一聽到其他人的腳步聲，就趕緊鑽回地洞裡，而你的腳步聲，猶如美妙的音樂，能把我從地洞裡召喚出來。還有，你瞧！那邊的麥田，你看見了嗎？我不吃麵包，小麥對我毫無用處。麥田不能讓我想起任何東西。這還是挺可悲的！不過，你的頭髮是金黃色的，如果你馴服了我，那該有多美妙啊！小麥也是金黃色的，能讓我想起你來。而且，我也會愛上那吹拂麥穗的風聲……」

狐狸住了口，凝視小王子，許久才又說道：「求求你了，馴服我吧！」

「我很樂意，」小王子回答，「但是我沒有多少時間。我還要去尋找朋友，去認識許多事物。」

「人只能認識自己馴服的東西，」狐狸說道，「人類再也沒有時間去認識什麼了，他們只是去商店購買現成的東西。由於世上根本不存在購買朋友的商店，人類也就再也沒有朋友了。你若想交個朋友，那就馴服我吧！」

「那麼我要怎樣做呢？」

「要非常有耐心，」狐狸回答，「你先離開我遠點，就像這樣，坐在草地上。我斜著眼睛看你，而你一句話也不要講，言語往往是誤解的根源。不過，你坐的位置，每天都可以靠近我一些……」

第二天，小王子又來了。

「每天最好在同一個時間來，」狐狸說，「比如說，你下午四點鐘來，那麼一到三點鐘，我心裡就開始喜悅，時間越臨近，我就越歡喜。一到了四點鐘，我就已經坐立不安了；我會發現得到幸福要付出代價！如果你隨便什麼時候來，我就不知道該在什麼時候醞釀我的心情……還有，一定要有個儀式。」

「什麼是儀式啊？」小王子問道。

「這也是一種早已被人忘記的事，」狐狸說，「它就是使某一天不同於其他的日子，某一時刻不同於其他的時間。例如，那些捕捉我的獵人就有一種儀式：每個星期四，他們就在村子裡同姑娘跳舞。這樣一來，星期四就是個美好的日子！我可以到處遊蕩，甚至跑到葡萄園裡。假如獵人什麼時候跳舞都沒有個準，那麼天天都一個樣了，我也就沒有清閒的日子了。」

「你下午四點鐘來,那麼一到三點鐘,我心裡就開始喜悅。」

就這樣，小王子馴服了狐狸。當出發的時刻就快要到來時，狐狸說：

「唉！我會哭的⋯⋯」

「都怪你自己，」小王子說道，「我本來沒有絲毫想讓你傷心的意思，是你要求我馴服你的⋯⋯」

「當然是我要求的了。」狐狸答道。

「那你還要哭！」小王子又說道。

「當然要哭了。」狐狸答道。

「那麼你什麼好處也沒得到！」

「我還是有收穫的，」狐狸說道，「看到麥子的金黃色，我就會有感觸。」

接著，狐狸又說：「你再去看看那些玫瑰花吧。你會明白，你那朵玫瑰花在世上就是獨一無二的。然後，你再回來同我告別，到時候，我要把一個祕密當作禮物送給你。」

小王子又去看望那些玫瑰花。

「你們根本不像我的那朵玫瑰花，你們什麼都不是呢。」小王子對她們說：「誰也沒有馴服過你們，而你們也沒有馴服過任何人。你們就像認識我之前的那隻狐狸，那時同世上千百萬隻狐狸一樣，但是跟我交上了朋友，現在就是世上獨一無二的狐狸了。」

玫瑰花聽了小王子的這番話，都覺得十分難堪。

「你們都很美，可是你們很空虛，」小王子繼續說道：「沒有人會為你們捨命而死。至於我的那朵玫瑰，一個尋常的路人見了，當然會認為她很像你們。然而，她單獨一朵花就比你們全部加起來還重要，只因我給她澆過水，只因我用玻璃罩呵護她，只因我用屏風給她擋過風，只因我為她殺死過毛毛蟲（除了留下兩三條變成蝴蝶），只因我聽過她抱怨，聽過她自我吹噓，甚至有時候聆聽她的沉默。因為她是我的玫瑰。」

小王子又回來向狐狸道別。

「再見了！」他說。

「再見了！」狐狸答道，「這就是我的祕密，說起來非常簡單：只有用心才能看清楚，真正重要的東西用眼睛是看不見的。」

「真正重要的東西用眼睛是看不見的。」小王子為了記住這句話，便跟著重複一遍。

「正因為你把時間花在你的玫瑰身上，這才使你的玫瑰變得如此重要。」

「正因為我把時間花在我的玫瑰身上……」小王子又重複一遍，以便牢記在心。

「人類已經忘記了這個真理,」狐狸說道,「但是你千萬不能忘記。你要對你馴服過的一切負責到底。你要對你的玫瑰負責⋯⋯」

「我要對我的玫瑰負責⋯⋯」小王子又重複一遍,以便牢記在心。

XXII

「早安。」小王子說道。

「早安。」調度員回答。

「你在這裡做什麼呢?」小王子問道。

「我正在調度大批大批的旅客,」調度員回答,「一列列的火車,我有時候發往右邊,有時候發往左邊。」

這時,一列燈火通明的快車疾馳而過,像雷鳴般地發出隆隆的聲音,把調度員的小木屋震得不停抖動。

「他們這麼匆忙趕路,是要去找什麼啊?」小王子問道。

「開火車的司機也不知道。」調度員回答。

另一輛燈火通明的快車,又從相反方向呼嘯而過。

「他們這麼快就回來啦?」小王子問道。

「那不是同一列火車,」調度員解釋說,「那是對開的另一列火車。」

「他們不喜歡他們原來待的那個地方嗎?」

「人們對自己待的地方,永遠都不會有滿意的時候。」調度員回答。

此時,第三列燈火通明的快車,又雷鳴般地隆隆駛過。

「他們是在追趕第一列火車上的旅客嗎?」小王子問道。

「他們什麼也不追趕,」調度員答道,「他們在車廂裡不是打哈欠就是睡覺。只有孩子們會臉貼著車窗向外張望。」

「也只有孩子們才知道自己要尋找什麼,」小王子說道,「他們為一個布娃娃花費了不少時間,這個布娃娃就變得非常重要,如果被人奪走,他們就會大哭起來⋯⋯」

「他們真幸運啊!」調度員說。

XXIII

「你好。」小王子說。

「你好。」商人說道。這名商人推銷一種止渴丸,每個禮拜只要吞服一顆就不會再感到口渴。

「你為什麼賣這種東西呢?」小王子問道。

「為了節省時間啊,」商人回答,「專家計算過,每星期能節省出五十三分鐘。」

「節省出五十三分鐘做什麼用呢?」

「想做什麼就做什麼呀⋯⋯」

「這五十三分鐘,」小王子說,「如果給我用,那我就慢悠悠地走向一個水泉⋯⋯」

XXIV

這是我的飛機發生故障、被困在沙漠的第八天,我聽著小王子講述賣止渴丸的商人的故事,喝完了最後一滴所帶的飲用水。

「哦!」我對小王子說,「你回憶的這些事都很動人。不過,我的飛機還沒有修好,已經沒有水喝了,若能慢悠悠地走向一個水泉,我也非常高興啊!」

「我的狐狸朋友告訴我……」

「我的小夥伴,現在不是講那隻狐狸的時候!」

「為什麼?」

「因為我們都快要渴死了。」

他不明白我這種推理,便回答我說:

「就算快要死了,有個朋友也是件好事。我就為我有過一個狐狸朋友而感到很高興……」

「他一點危機意識也沒有,」我心中暗忖,「他從來不知道什麼是餓,什麼是渴,只要有點陽光,他就滿足了……」

然而他瞧了我一眼,像是看透了我的心思似地說:

「我也渴了……我們去找一口水井吧……」

我無可奈何地打了個手勢。在茫茫的大沙漠中,要漫無目標地找一口水井,實在太荒唐。不過,我們還是上路了。

我們默默地走了好幾個小時,看著夜幕降臨,天上的星星也開始閃爍了。我焦渴難耐,感覺有點發燒,看著這些星星,好像是在做夢一樣。小王子的話語在我的腦海裡跳躍。

「怎麼,你也會渴嗎?」我問小王子。

然而,他並不回答我的問題,只是對我說:

「水對心靈也是有益處的……」

我不明白他的話,但我也沒再說什麼……我早就明白,問了也是白問。

小王子走累了,坐了下來,我也坐到他身邊。沉默片刻之後,他又說:

「那些星星真美,因為有一朵人們看不見的花……」

我應了一聲:「當然了。」隨即就無語了,眼睛凝望著月光下沙丘的波紋。

「沙漠真美啊!」小王子又補充一句。

的確如此。我一直就喜愛沙漠。你坐在一座沙丘上,什麼也看不見,什麼也聽不到。可是,卻有一種說不出的東西在默默地放著光芒、唱著歌……

「讓沙漠如此美麗的,」小王子又說道:「就是在什麼地方,藏著一口井……」

我驚訝不已,突然明白了為什麼沙漠放著光芒。當我還是一個小孩子的時候，住在一座古老的宅子裡，傳說那宅子埋藏著一個寶貝。當然，那個寶貝，誰也沒有發現，也許壓根兒就沒有人找過。但是，這個寶貝卻給整個古宅蒙上一層迷人的色彩。在我家古宅的心靈深處，藏著一個祕密……

「是啊，」我對小王子說道，「無論是房子、星星，還是沙漠，使它們美麗的東西都是看不見的！」

「我很高興，你跟我那狐狸朋友的看法是一樣的。」小王子說道。

由於小王子睡著了，我就抱著他繼續趕路。我很激動，就好像抱著一個脆弱的寶貝，甚至覺得這個世上沒有比這更脆弱的了。我借著月光端詳這蒼白的額頭，緊閉的雙眼，在微風中飄動的髮綹，心中對自己說：「我所看到的僅僅是外表。最重要的是看不見的……」

看到他稍微張開的嘴唇露出一絲微笑，我不禁又想道：「這個熟睡的小王子最讓我感動的是，他對一朵玫瑰的感情──甚至在他睡著了，那朵玫瑰花的影子，仍像燈光一樣照亮他的生命……」此時，我意識到他比我想像的更脆弱。燈火必須用心保護，因為一陣風就可能吹熄了它……

我就這樣抱著小王子走著，當黎明到來時，終於發現了一口水井。

XXV

「那些人啊，」小王子說道，「都擠進快速火車的車廂裡，卻不知道自己要追尋什麼。因此，他們都忙忙碌碌，卻都在原地繞圈子……」

接著，他又補充一句：

「實在不值得……」

我們找到的這口水井，一點都不像撒哈拉沙漠上的井。撒哈拉沙漠中的井只是單純地在沙地上挖洞。這口井倒像村莊裡的水井。可是，這裡一點村莊的影子都沒有，我真以為是在做夢。

「真是奇怪，」我對小王子說，「一切都是現成的，轆轤、水桶、井繩……」

他笑了，拿著繩子，轉動著轆轤。轆轤吱吱呀呀作響，好似一支老風標，在沒風的日子裡沉睡了許久。

「你聽，」小王子說，「我們喚醒了這口水井，它正在唱歌呢……」

我怕他累著。「讓我來吧，」我對他說，「這活兒太重，你受不了。」

我慢慢地把水桶提到井欄上，把它穩穩地放在那裡。轆轤的歌聲縈繞在我的耳畔，我從水桶裡盪漾的波紋中，看見了閃躍的太陽。

「他笑了,拿著繩子,轉著轆轤。」

「我渴了,想喝這井水,」小王子說道,「給我喝點……」

這時我才明白了他所要尋找的是什麼!

我拿起水桶送到他的唇邊,他閉上眼睛喝了起來,像是享受一頓甜美的盛宴。這井水遠非一般飲料可比,它是我們在星光下長途跋涉之後,在轆轤的歌聲中,由我雙臂用力打上來的井水。這井水宛如一件禮物,能夠滋潤心田。同樣,在我童年的歲月裡,聖誕樹的彩燈、午夜彌撒的音樂、親人甜蜜的微笑,都使得我收到的聖誕禮物輝映著幸福的光彩。

「你住的這個星球的人,」小王子說道,「在一座花園裡種了五千朵玫瑰……可是他們在那裡,卻找不到自己所要尋求的東西……」

「他們是找不到。」我附和道。

「其實他們所尋求的東西,很可能就在一朵玫瑰花上或者在一點點水裡,就能找到……」

「當然了。」我又附和道。

小王子又補充一句:

「不過,眼睛是盲目的。你必須用心去尋找。」

我喝了水,呼吸暢快多了。在旭日的光輝中,沙漠呈現蜂蜜似的光澤,這蜂蜜般的光澤使我感到幸福。可是為何同時我也感到悲傷呢……

「你必須信守承諾啊!」在我身旁的小王子坐直了身子對我說道。

「什麼承諾?」

「你知道……就是給我的小綿羊畫一個嘴套……我要對我的花兒負責啊!」

我從口袋裡掏出我的畫稿。小王子一看,笑著對我說:「你畫的猴麵包樹,看起來像捲心菜。」

「哦!」

我還那麼得意,畫出了猴麵包樹!

「你畫的狐狸……牠的耳朵……有點像兩支角……而且畫得太長啦!」

他又笑了。

「你這麼說不公平,小傢伙,」我說,「我除了知道怎麼畫蟒蛇的平面圖和透視圖以外,不知道怎麼畫其他的東西。」

「唔!這就行了。」小王子說,「孩子們都看得懂。」

於是,我用鉛筆畫了一個嘴套。當我把它遞給小王子時,心裡忽然一陣難受。

「你心裡正盤算著某件我還不知道的事……」我說:

他沒有回答我的問話，只是對我說：

「你知道，明天是我降落到地球上……滿一週年……」

沉默了一會兒，他繼續說道：

「當時我降落的地方，就在這附近……」

說完，他滿臉緋紅。

我卻不知道為什麼，又感到一陣莫名其妙的憂傷。這時，我腦海裡又浮現了一個問題：

「這麼說，八天前的那個早晨，我遇見你並不是偶然的。你獨自一人在這荒無人煙的沙漠上走著，其實是要回到你當初降落的地方是嗎？」

小王子的臉又紅了。

我猶豫了一下又說：

「也許是因為……快到一週年了吧？」

小王子再次臉紅了，他從來不回答別人的問話，可是，一個人臉紅了，不就意味了「是」嗎？

「噢！」我對他說：「我有點怕……」

然而，小王子卻打斷我的話。

「現在，你該去幹活了。你應該回去修你的飛機。我在這裡等你。明天晚上你再來……」

可是，我放心不下。我想起了狐狸的話。如果被人馴服了，就可能會要哭的……

XXVI

在那口井旁邊，有一堵殘缺的石牆。第二天傍晚，我工作回來的時候，遠遠望見小王子坐在牆頭上，雙腳懸在半空中。我還聽見他在同誰說話。

「你怎麼就不記得啦？」他說，「絕不是這個地方！」

肯定有另一個聲音在回答他，因為他又回答說：

「沒錯！日子是對的，可是地點不是這兒⋯⋯」

我繼續朝那堵牆走去，依舊聽不到也看不見是誰跟小王子說話。可是小王子又說了：

「那當然！你會在沙上看到我的腳印是從哪兒開始的，你只要在那兒等我就行了，今晚我會到那兒。」

離那堵牆只剩二十公尺了，可是我始終沒有看見那個對話者的身影。

在一陣沉默之後，小王子又說：

「你的毒液管用嗎？你肯定不會讓我痛苦太久吧？」

我頓時佇在原地，心怦怦地跳，依然不明白是怎麼回事兒。

「你離遠一點，」小王子說，「我現在要從這兒跳下去了！」

此時，我望向牆腳，不禁大吃一驚！就在那裡，一條黃色蜷曲的毒蛇就在小王子的跟前，牠的毒液三十秒鐘就能讓人斃命。它正豎起腦袋對著小王子！當我一邊後退一邊把手伸進口袋想掏出手槍，發出的聲響驚動了那條蛇，牠像一淌流動的泉水，一溜煙地從沙地上逃走，不慌不忙地鑽進石縫中，發出輕微的像金屬般的聲響。

我及時趕到牆腳，一把接住小王子，將他抱在懷裡，他的臉色像雪一樣地慘白。

「你在搞什麼名堂啊？竟然跟毒蛇聊起天來！」

我解開他一直戴著的黃色圍巾，用水沾濕了他的太陽穴，還給他喝了點水。此時，我什麼也不敢再問他。他嚴肅地看著我，兩條胳臂摟住我的脖子。我感到他的心在劇烈地跳動，就像似一隻中了槍彈要死去的小鳥。

他對我說：「我很高興你修理好了引擎故障。你不久就可以起飛回家去了……」

「你是怎麼知道的！」

本來我正想告訴他，在不抱任何希望的情況下，我成功地把飛機修理好了！

他沒有回答我的問話，只說：

「今天，我也要回家了……」

然而，他憂傷地說：「我回家的路要遠得多……也難得多……」

「你離遠一點,」小王子說,「我現在要從這兒跳下去了!」

我知道某種不尋常的事正要發生。我像抱著一個小嬰兒那樣，緊緊摟住他，可是彷彿怎麼抱也抱不住，他仍徑直地朝向一個無底的深淵墜落，我想拉住他，卻怎麼也拉不住⋯⋯

　　他的表情很嚴肅，看起來又像是迷失在某個遙遠的地方。

　　「我有你畫的羊，還有圈羊的箱子和給羊戴的嘴套⋯⋯」

　　他憂傷地微微一笑。

　　我等了很久，才感到他的身子漸漸暖和起來。

　　「小傢伙，你剛才受到驚嚇了⋯⋯」

　　他當然會害怕！然而，他卻輕輕地笑起來。

　　「今天晚上，我會更害怕呢⋯⋯」

　　我再次感到不寒而慄，明白某件無法挽回的事即將發生，而且就連想到再也聽不到這笑聲，我都無法忍受。對我來說，這笑聲好比沙漠中的一股清泉。

　　「小傢伙，我還想聽你笑⋯⋯」

　　但他卻對我說：

　　「今晚，正好是一年了。我的星星正好會在我去年降落的地點的正上方⋯⋯」

　　「小傢伙，所有這些跟蛇的對話，還有見面的地點，以及星星什麼的……全是一場惡夢,對不對?」

小王子還是沒有回答我的問話,只是對我說:

「真正重要的東西,眼睛是看不見的……」

「當然了……」

「這就像花兒一樣。如果你愛上了一朵生長在某個星球上的花,那麼一到夜晚,你仰望星空,心裡就會感到無比甜美愉快。所有的星星上都綻放了花朵。」

「當然了……」

「這也就像水一樣。你給我喝的水,由於有了轆轤和井繩,就跟音樂一樣美妙……你還記得吧……那水是多麼甜美。」

「當然了……」

「一到夜晚,你抬頭仰望星空,我那顆星球太小了,我沒法指給你看在哪兒。這樣更好,在你看來,我那顆星就是繁星中的一顆,這樣一來,你就愛看所有的星星了……這些星星全都是你的朋友了。還有,我要送給你一個禮物……」

小王子又笑起來。

「嘿,小傢伙,小傢伙,我真愛聽你這笑聲!」

「這正是我要送給你的禮物……就好像水那樣。」

「你說的是什麼?」

「星星對每個人都不一樣。在旅行者的眼裡，星星能指引方向。在其他人看來，星星不過是閃爍的微光。對那些學者來說，星星是研究的課題。而對於我遇見的那個商人，星星就是黃金。可是，所有這些星星都不會說話。可是，你擁有的星星是任何人都不曾有過的。」

「你要說什麼？」

「以後你在遙望夜空的時候，由於我住在一顆星球上，由於我在那星球上發出笑聲，那麼在你看來，好像所有的星星都在笑，那麼，你將擁有會笑的滿天星星！」

小王子又咯咯地笑起來。

「那麼，在你撫平傷痛之後（人遲早會走出傷痛的），你會因為認識了我而感到高興。你永遠都是我的朋友。你會想要同我一起笑。於是你有時候會打開窗戶，就是為了這樣尋開心……你的朋友會奇怪地看著你對著天空而笑，此時，你就可以對他們說：『沒錯，天上的星星總是能逗我笑！』他們會以為你是神經病。這正是我捉弄你的一個小小的惡作劇……」

這時，他又笑了。

「這就好像我送給你的不是滿天星星，而是一大堆會笑出聲來的小鈴鐺……」

小王子笑個不停。隨後他的表情才變得嚴肅起來。

「今天夜裡⋯⋯你知道⋯⋯不要來。」

「我絕不會離開你。」

「我會看起來像是很痛苦的樣子⋯⋯像是要死去的樣子。就是這麼回事。你就別來看這些了，沒有必要⋯⋯」

「我絕不會離開你。」

可是他很擔心。

「我對你這樣講⋯⋯也是由於那條蛇的緣故。別讓牠咬了你⋯⋯蛇有時候很壞，隨意咬人就只是為了好玩⋯⋯」

「我絕不會離開你。」

可是他好像想到了什麼，便放下心來。

「對了，牠再咬第二口的時候，已經沒有毒液了⋯⋯」

那天夜裡，我沒看見他離開，他悄無聲息地走了。當我終於趕上他時，他意志堅定地加快步伐往前，只對我說了這麼一句：

「哦！你來了。」

然後他拉著我的手，有些擔憂地說：

「你真的不該來。你看了會難過的，我就像要死了的樣子，可那不是真的⋯⋯」

我什麼都沒說。

「你知道的。路途太遙遠了,我不能帶著這副身軀走,它太沉重了。」

我不發一語。

「不過就是丟棄了一副舊殼囊,沒什麼好傷心的⋯⋯」

我還是沉默不語。

他有點洩氣了,不過仍試圖勸我。

「你知道,這其實是件好事。我也一定會看星星的。所有的星星都將是帶有生了鏽的轆轤的井。所有星星都會倒水給我喝⋯⋯」

我還是不吭聲。

「那將是多麼有趣啊!你擁有五億個小鈴鐺,而我也會有五億口水井⋯⋯」

此時,他也不說話了,因為他在哭。

「就是這兒了!讓我獨自繼續吧。」

這時他坐了下來,因為他害怕了。不過,他還是說道:

「你也知道⋯⋯我的花兒⋯⋯我要為她負責啊!她那麼弱小,又那麼天真,只有四根微不足道的刺保護自己來抵抗外面的世界⋯⋯」

我也坐下，因為實在再也站不住了。

　他說：「就是這樣……到此為止吧……」

　他猶豫了一下，隨即站了起來，往前踏出一步。而我一動也動不了。

除了一道黃光在他的腳踝閃過，什麼也沒有。那一剎那間，他沒有動，也沒有叫出聲來，就像一棵樹那樣，緩慢地倒下，甚至連一點聲音都沒有，因為沙地的關係。

XXVII

當然，現在說起來，已經是六年前的事兒了……我還從來沒有向別人講過這個故事。朋友們重新見著我，都為我能活著回來而高興。我卻很悲傷，我告訴他們：「是因為疲憊的緣故。」

如今，我憂鬱的心情算是稍微紓解了。就是說……還沒有完全振作起來。但是，我相信他已經回到了他的星球，因為天亮時，我並沒有發現他的身軀。他那小小的身軀並不是那麼重……從此，我就喜歡在夜晚傾聽著星星，好像是傾聽著五億個小鈴鐺……

可是，一件不尋常的事發生了。我給小王子畫的羊嘴套，忘了畫上皮帶了！沒有皮帶，他就沒法給他的羊戴上嘴套。因此，我心裡總是犯嘀咕：「他的星球上發生了什麼事呢？恐怕小羊已經把花兒吃掉了吧……」

可是我又轉念一想：「肯定不會，小王子都會拿玻璃罩子罩住他的花，而且時時盯著他的羊……」這樣一想，我就又高興起來，所有的星星都笑得好甜美。

有時候，我又會這麼想：「人總免不了會有疏忽的時候，那就糟了！說不定哪天晚上，他忘了把花兒罩住，或者小羊夜裡不聲不響地偷偷溜出來……」這樣一想，所有那些小鈴鐺都變成淚珠了！

「他像一棵樹那樣,緩緩地倒下。」

這正是一個極大的奧祕。假如在某個我們不知道的地方，有一隻我們從未見過的羊，牠到底吃了一朵玫瑰花，或是沒有吃掉一朵玫瑰花，這對我以及你們這些也喜歡小王子的人來說，整個宇宙就大不一樣了⋯⋯

　　請你們仰望天空，問問自己：「羊究竟是吃了還是沒有吃掉花呢？」那麼你們就會發現，所看到的一切都變了樣了⋯⋯

　　然而，任何大人永遠都理解不了，這個問題有多麼重要！

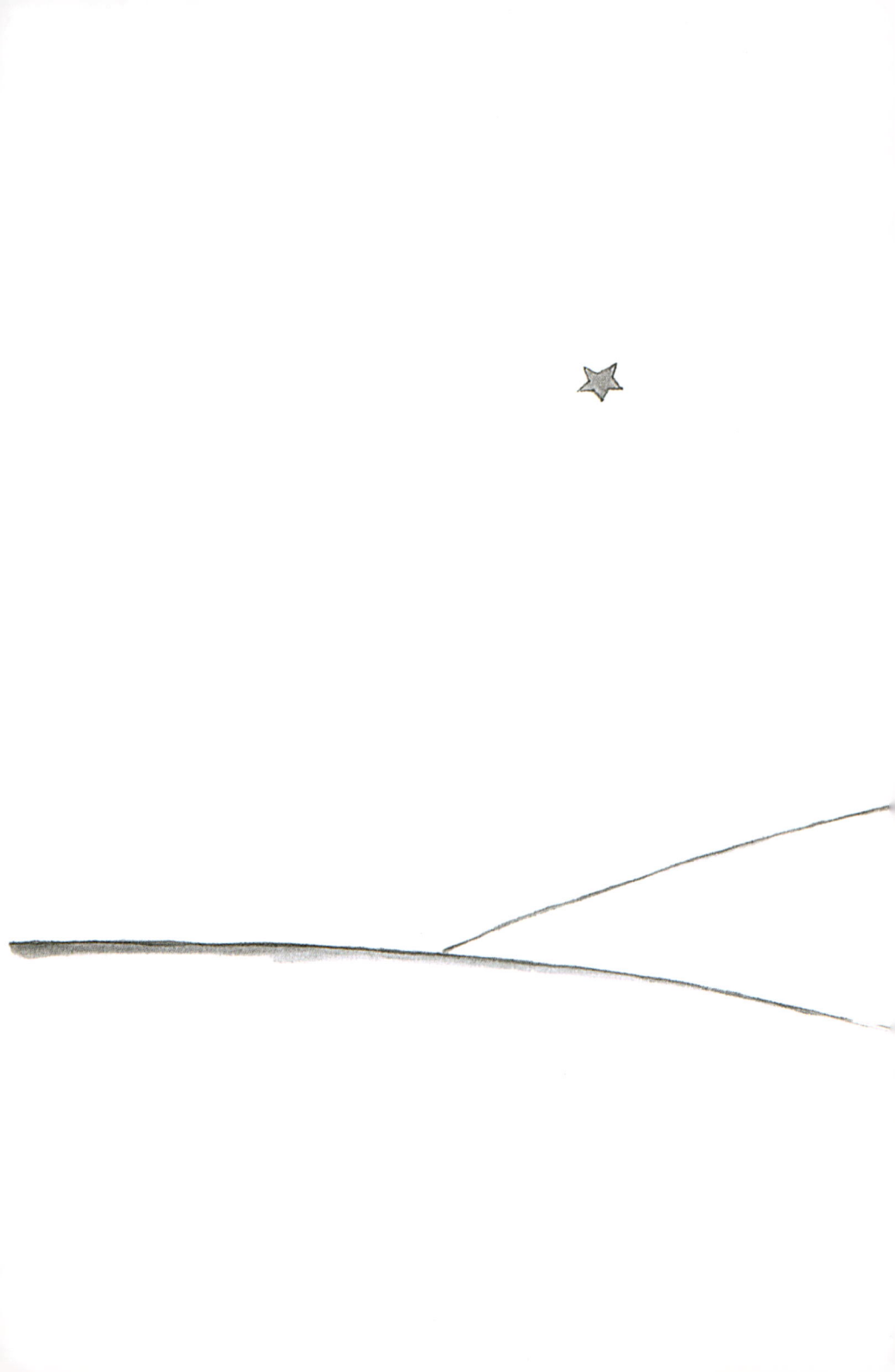

就是這裡,在我看來,是地球上最美麗也是最令人傷心的地方了。它跟前一頁畫的都是同一個地方,我之所以又再畫一遍,是為了讓你再看清楚。這裡,就是小王子在地球上出現,然後又消失的地方。

請仔細看看這個地方,以便如果有一天你去非洲旅行,來到這片沙漠,能夠認出這個地方。還有,如果你恰巧經過這裡,我懇求你,千萬不要匆匆走過,請你就在那顆星星底下等一等!如果這時候,有個小男孩朝你走來,總是咯咯地笑,還有一頭金髮,也不回答你的問話,那麼你一定能猜出來他是誰。如果真是這樣,請你幫個忙,不要讓我一直這麼憂傷,趕快寫信告訴我:他回來了……

小王子

未收錄的 18 張聖修伯里原始畫作

我從未告訴任何大人——我並非來自於他們的世界。我一直隱藏著一個事實：在內心深處，我一直都只是個五、六歲的孩子。所以我從不把我的畫拿給大人看，但是，我喜歡把它們展示給我的朋友看。這些畫，是我的記憶。

——《小王子》原始手稿中被刪除的內容

⭐ 前言

　　一九四三年四月，就在《小王子》問世後不久，四十三歲的聖修伯里準備離開紐約前往北非，此時正值二次世界大戰戰火熾烈的時候。離開當天的早晨，他穿著軍服來到密友西爾維亞‧漢密爾頓的住所告別。

　　西爾維亞身穿法蘭絲絨睡袍，一頭亂髮前來應門。她疑惑地看著聖修伯里，他穿著不合身的軍服，夾克被鼓脹的胸膛撐得緊繃，別在左胸口袋上的徽章閃閃發亮。他是要去參加遊行嗎？不，他笑著說，他正要離開美國前往北非加入由盟軍統率管轄的空軍中隊。這不是尋常的告別，她知道，這次再會就是永別了。

　　「我很想給你一些不平凡的東西，但這就是我所擁有的。」聖修伯里將一台蔡司依康（Zeiss Ikon）相機和一個紙袋交給了她，裡頭是一疊約一百四十頁的文稿，包含歪歪扭扭筆跡的手寫稿，還有三十幾張憑空想像畫出來的星球以及一個脖子繫著一條飄逸圍巾的小人兒。

西爾維亞對這些畫並不陌生。去年她曾多次親眼目睹聖修伯里埋首作畫,有時還一邊作畫一邊暗自發笑。他這臨別贈送的禮物——其實真的很不平凡——就是他才剛出版的新書《小王子》的原始手稿。

　　手稿後來公諸於世,人們發現原稿篇幅比後來出版的書本多了將近一倍。手稿中看得出聖修伯里創作的思路與刪改的痕跡,像是有些原本占一頁篇幅的內容被改到只剩一句,或是一百多字的段落被精簡到只剩一個字。書中最重要的一句話:「只有用心才能看清楚,真正重要的東西用眼睛是看不見的（On ne voit bien qu'avec le cœur. L'essentiel est invisible pour les yeux）。」聖修伯里就重寫了十五次才完成。

　　在這疊一百四十頁的原始手稿裡面,包含了數十張聖修伯里為小王子親手畫的素描與水彩畫,其中只有部分的畫作被收錄在最終問世的書本裡頭。從這些聖修伯里遺留下來的手繪圖也可以一窺他個人的生活習慣——除了睡覺以外,其他時候他幾乎菸不離手,也喜歡喝茶跟咖啡。毫不意外地,這些習慣透過手稿上的茶漬與菸痕,被永久地保存下來了。

獨自在沙漠中

第一天夜晚 ，我就睡在遠離任何人家的沙漠上。
——第 II 章

雖然聖修伯里畫了不只一張墜機的圖，但都沒有收錄進最終版本的《小王子》書中。如同書中的敘述者解釋說：「我不會把我的飛機畫出來，對我來說，畫飛機太複雜了。」

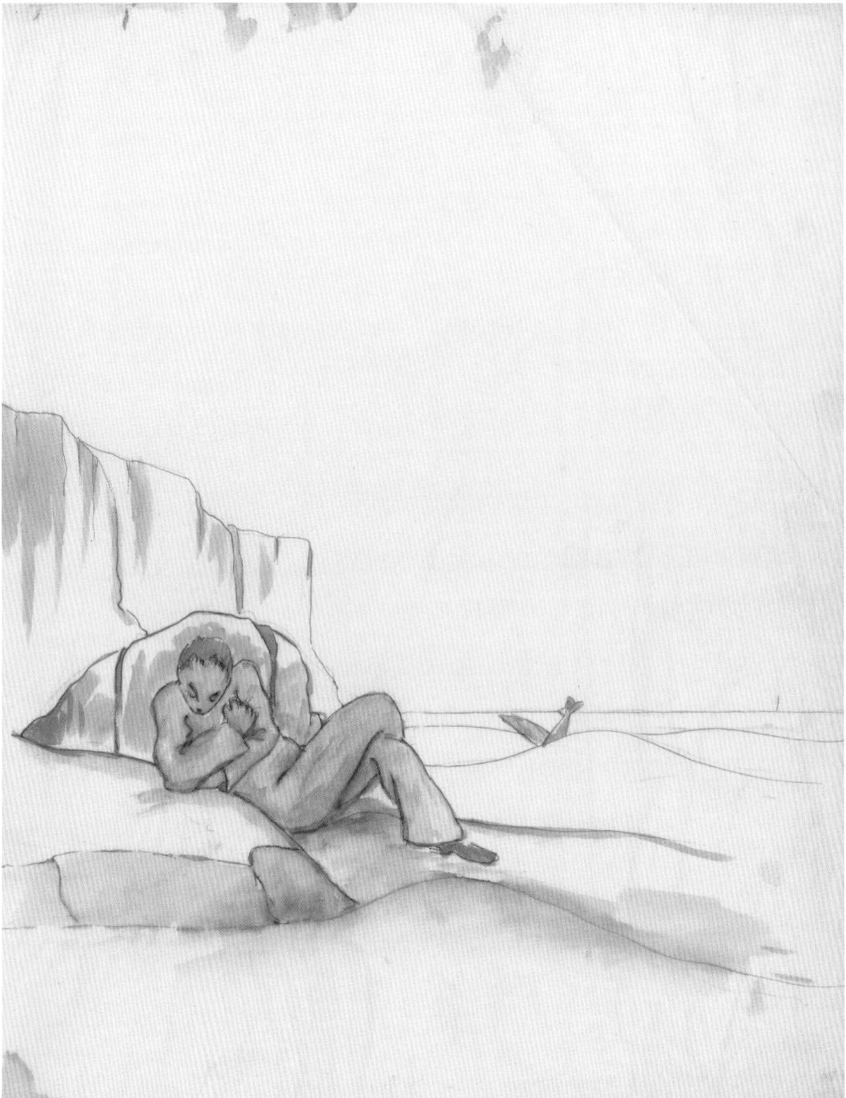

一個小傢伙

我看到一個小傢伙站在我的面前,一本正經地看著我……我問他:
「你在這兒幹什麼呢?」
——第11章草稿

早在一九四二年聖修伯里開始創作《小王子》之前,小王子這個角色早就在他心裡逐漸蘊釀成形。從孩提時代開始,聖修伯里就喜歡隨手塗鴉,經年累月下來,他發現自己常常畫出一個小人兒的種種造形——有時候有雙翅膀,有時候坐在一朵雲上或一顆小行星上。

小王子與飛行員

他看見我手上拿把錘子,手指沾滿了油污⋯⋯
——第VII章

飛行員聚精會神地忙著修理故障的飛機,無暇傾聽小王子的問話,兩人之間因此起了一些小摩擦。聖修伯里最後決定不讓飛行員出現在書中,連他舉起的拳頭也沒有。

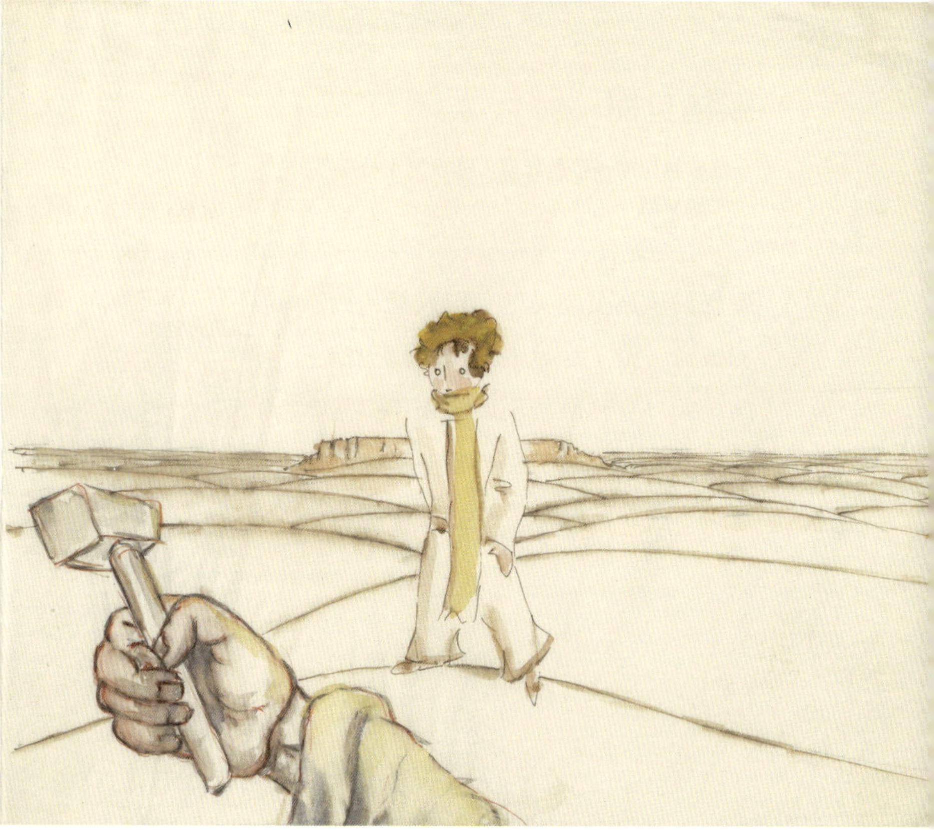

猴麵包樹

一棵猴麵包樹一旦長起來,就永遠也根除不掉了。
──第Ⅴ章

聖修伯里為了完美地呈現猴麵包樹的威脅,畫了好幾張單棵猴麵包樹的草圖,直到最後出現在書中,呈現在世人眼前的三棵猴麵包樹。

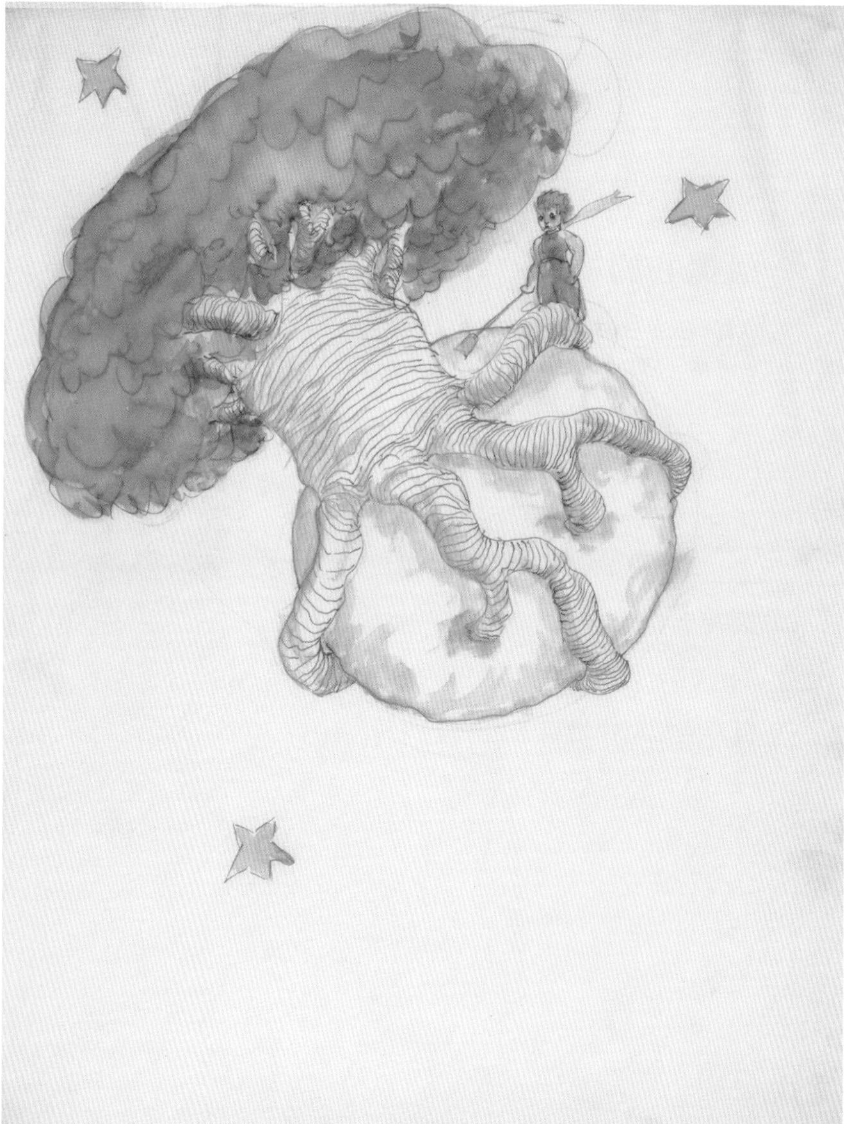

最傷心的一天

「有一天,我看了四十四回落日呢!」
——第Ⅵ章

一九四六年《小王子》法文版在法國出版,與英文版不同的是小王子看了四十三回的落日。眾人以為是英文版譯者將四十三誤譯成四十四,可是在聖修伯里的初稿裡有三處都明白地寫著是四十四。

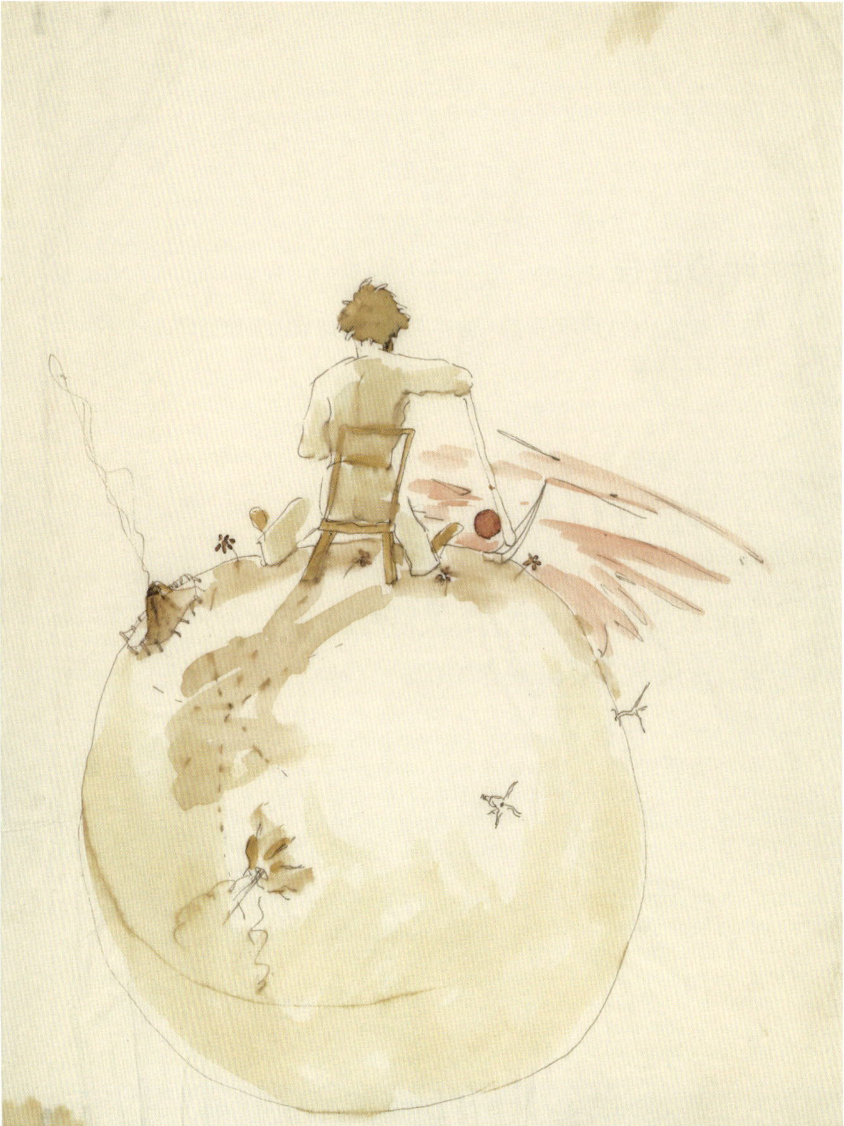

即將啟程

在他準備出發的那天早上,他將自己的星球收拾得整整齊齊。
——第 IX 章

小王子鏟除猴麵包樹幼苗的版本在最終出版的《小王子》中被另一版本取代——清通有圍籬的火山口,並給玫瑰放上玻璃罩,以及把盛著牛奶的平底鍋放在火山口加熱。

追捕蝴蝶

「我想認識蝴蝶，總得忍受兩三條毛毛蟲的騷擾。」
──第 IX 章

透過這張未收錄的插畫，捕捉聖修伯里童心未泯的想像力。在左上方，吊掛在滑輪上的罩子保護著脆弱的花朵；三隻毛毛蟲，一隻在地上爬，另外兩隻在花莖上；左下方圓穹形的蓋子，也許是覆蓋著另一座火山？

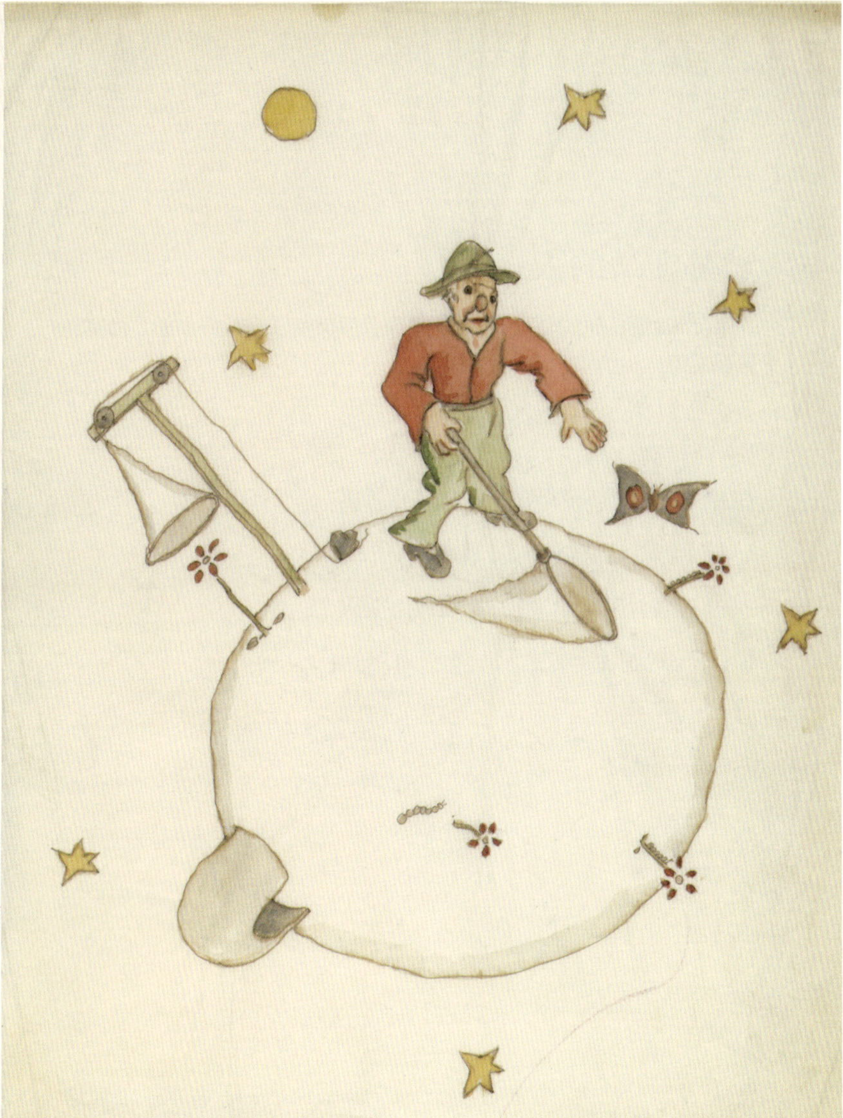

愛慕虛榮的人

「崇拜，就意味你承認我是這個星球上最英俊、服裝最華麗、最富有、最聰明的人。」
——第 XI 章

在小王子星際旅行的第二站，遇見一位自大、戴著一頂滑稽帽子的大人。聖修伯里畫了數張類似人物，有的頭上戴的不是帽子而是皇冠，向路過的仰慕者——如果有的話——答禮。

為了忘記而喝酒的酒鬼

「這次小王子遇到了大麻煩。這個酒鬼被某種小王子無法理解的東西囚禁著。」
——第XII章的草稿

在聖修伯里的手稿中看得出來他對這章如何作結而掙扎。他多次嘗試面對像酒鬼這樣的一個大人,將小王子內心難以理解的悲傷描寫出來。最後他全都刪除了,只留下一個簡單的結論:「大人真的非常非常奇怪啊!」

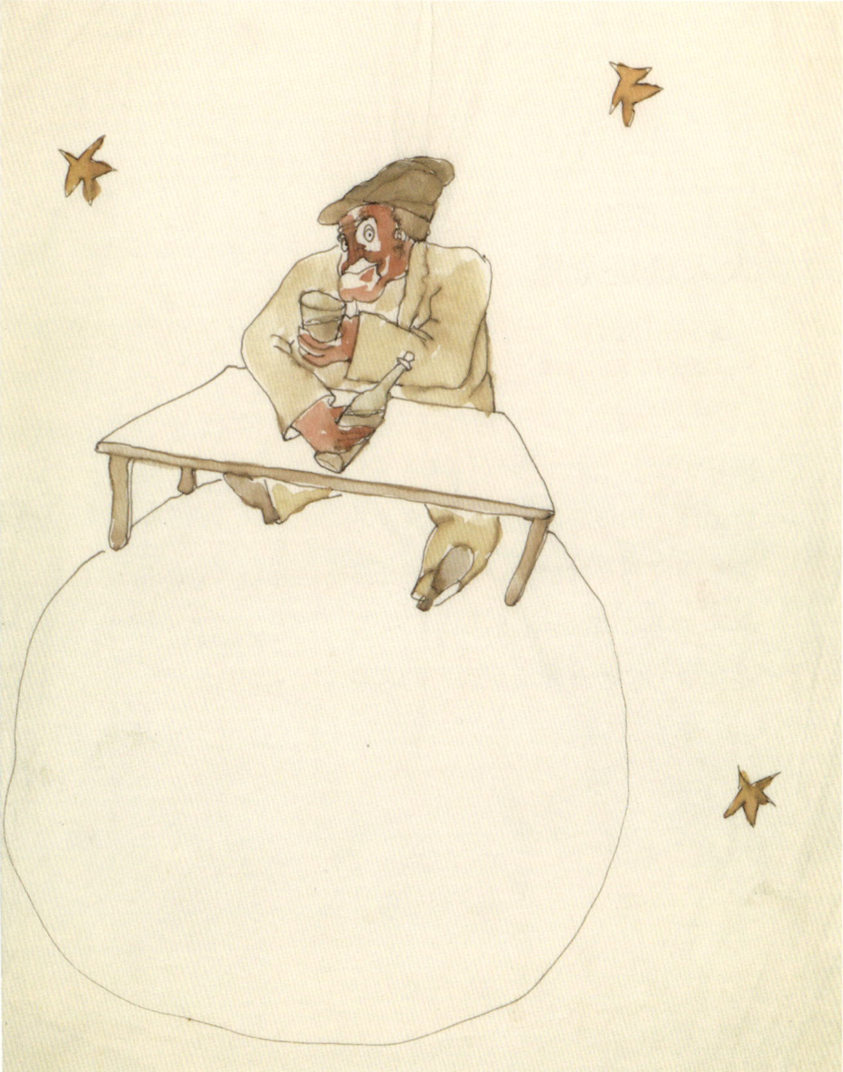

大人真是奇怪

「我不做任何運動,我沒空偷懶,我是嚴肅認真的人。」
——第 XIII 章的草稿

貫穿全書,小王子與故事敘述者一直追問一個核心的問題:「真正的嚴肅與成熟是什麼?」是負責任?累積財富?還是埋首學術研究?在其中,是否有愛與想像力的容身之處?

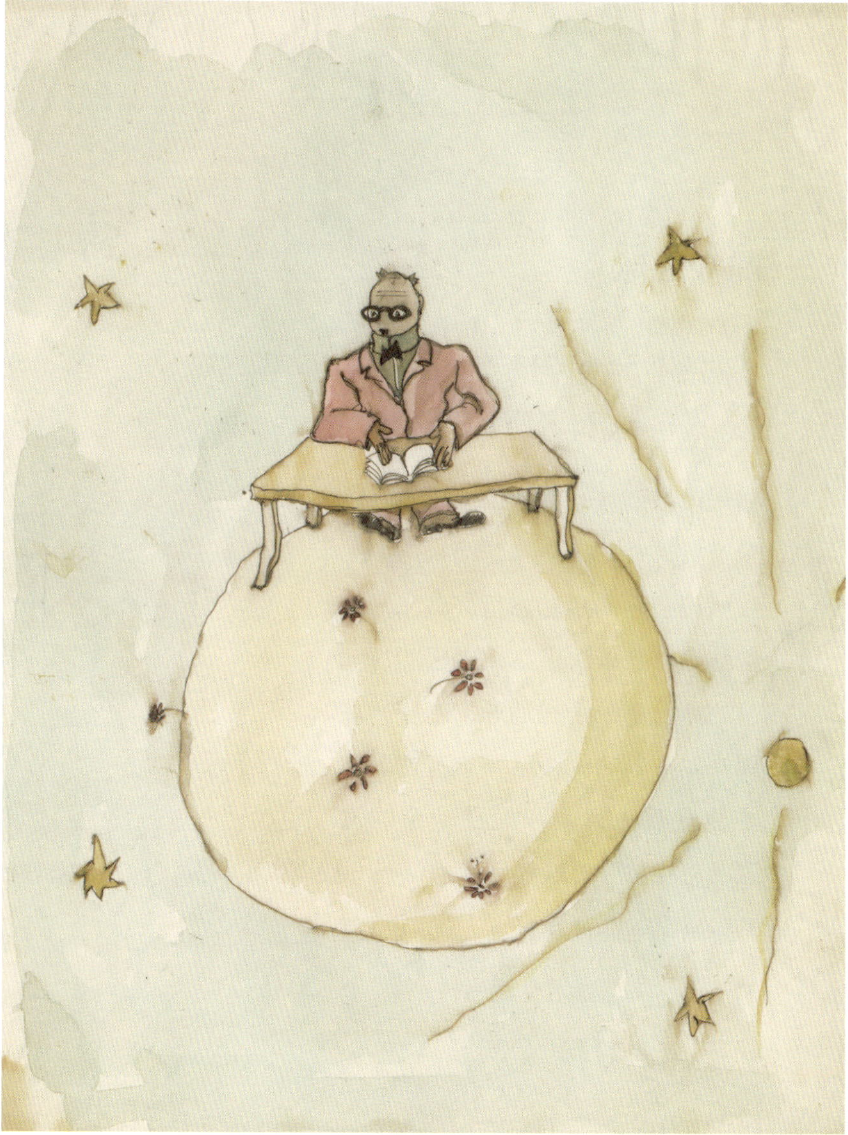

前往地球

「請你指點一下,我該去哪兒探訪呢?」
「去地球吧,」地理學家回答,「那顆星球的名聲不錯……」
　　——第XVII章

在一段被刪除的段落,小王子告訴飛行員:「在我遇見任何人之前,我已經在你的星球旅行好久了。」聖修伯里最後決定拿掉幾乎所有他寫的關於小王子在地球的經歷。在另一個被刪除的段落,飛行員說:「他沒跟我講太多他在地球的遭遇,可能是不想讓我聽了生氣吧。我後來了解到,他在地球的旅程真的很奇怪。」

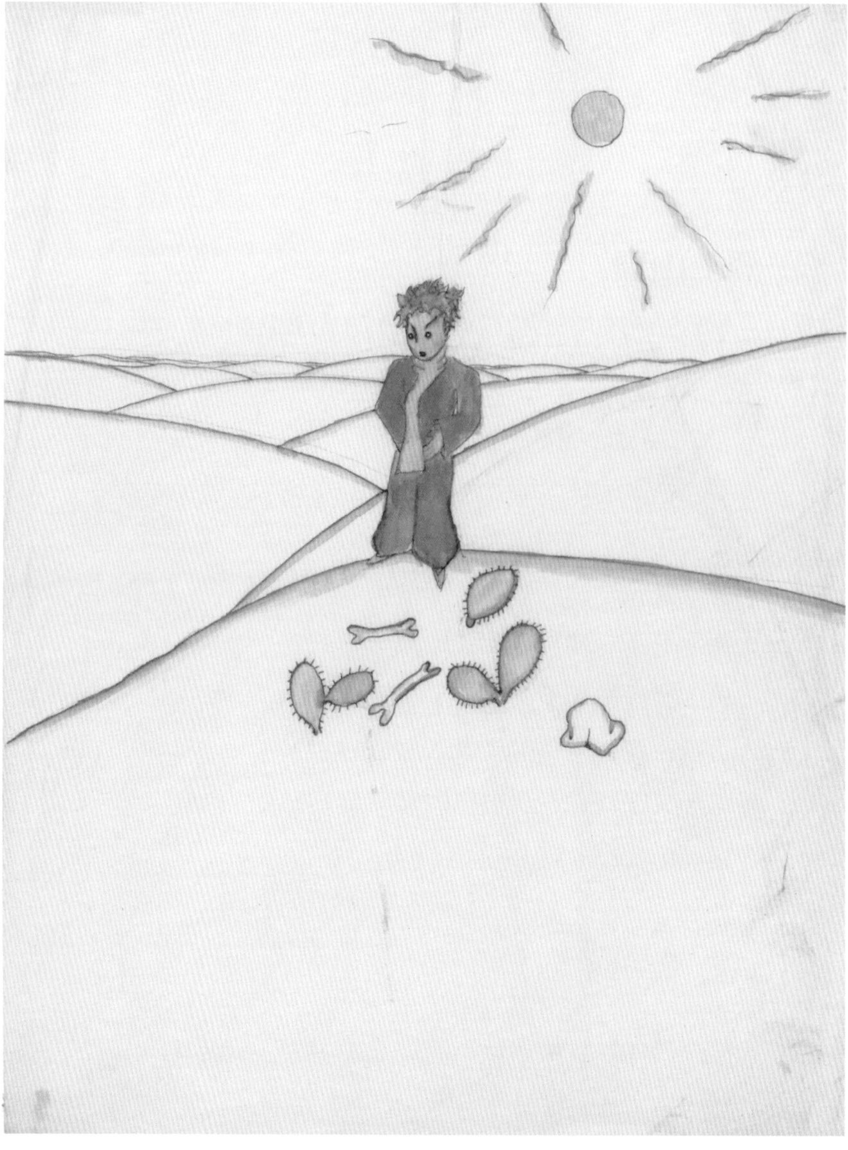

登上山頂

「在我的家鄉有兩座火山,但是它們只有我膝蓋那麼高,我把其中那座死火山當作凳子坐。如今一座真的高山——我長久以來渴望看見的⋯⋯」
——第ＸＩＸ章的草稿

小王子在地球遇到人之前,聖修伯里畫了幾張不同的版本,描繪小王子探索這座令他十分困惑的星球。手稿中有段被刪除的文字,小王子告訴飛行員:「在這座有人居住的星球,我感覺比在我自己的星球還寂寞。」

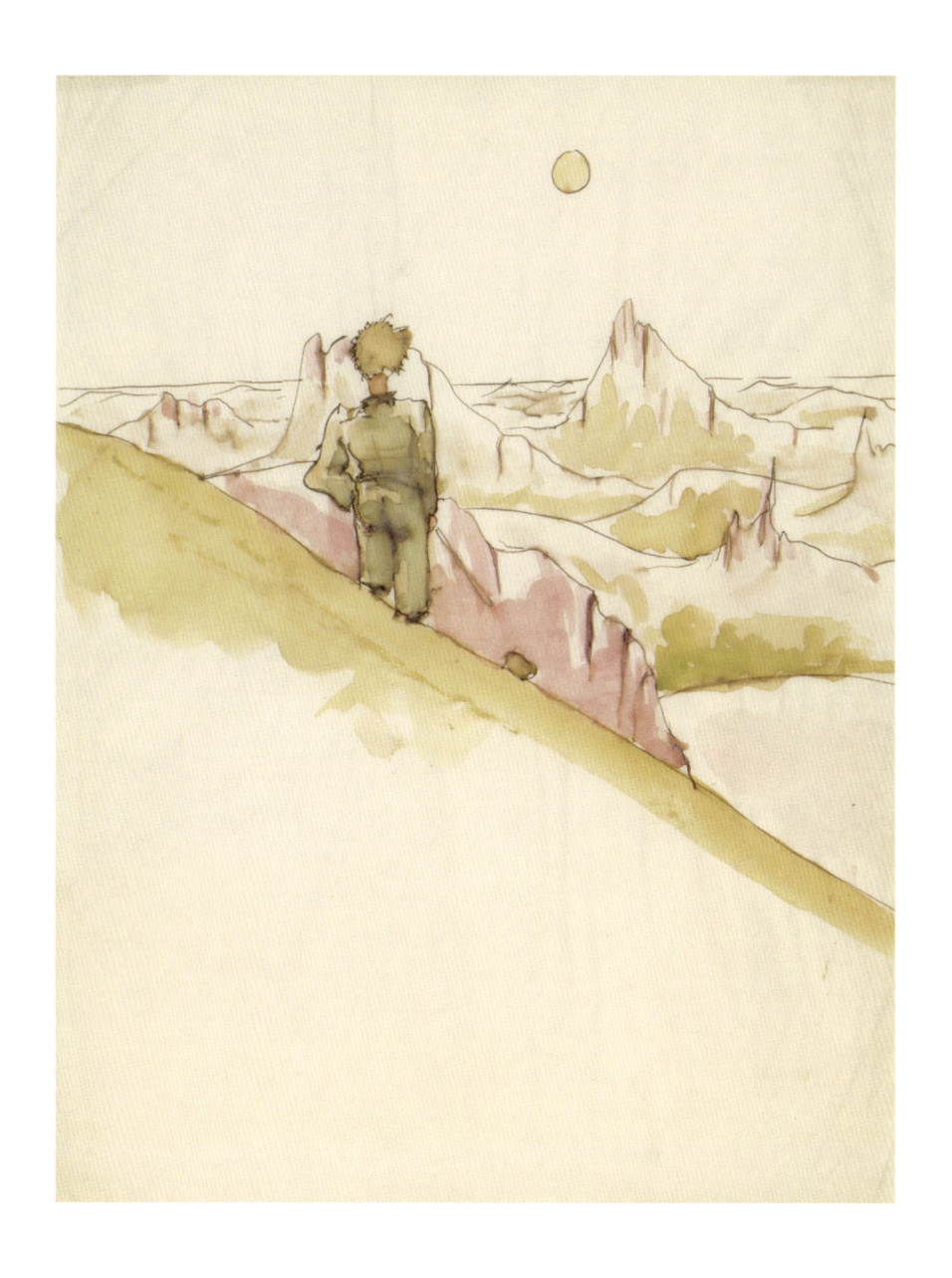

他躺在草叢裡哭了

「你為何難過?」玫瑰們問。
「曾經有一朵玫瑰,」小王子說,「她告訴我她是整個宇宙中獨一無二的一種花,結果,她只是一朵普通的玫瑰花。」
──第XX章的草稿

瑞士知名作家丹尼斯‧德‧魯日蒙一九四二拜訪住在紐約長島的聖修伯里。魯日蒙被聖修伯里要求趴著、雙腳騰空。顯然,他就是這張畫的模特兒。

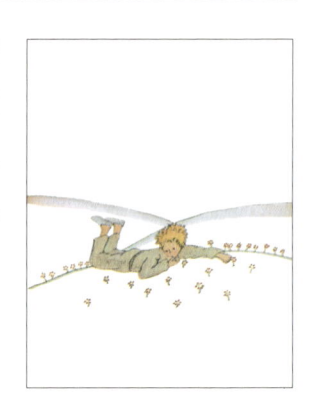

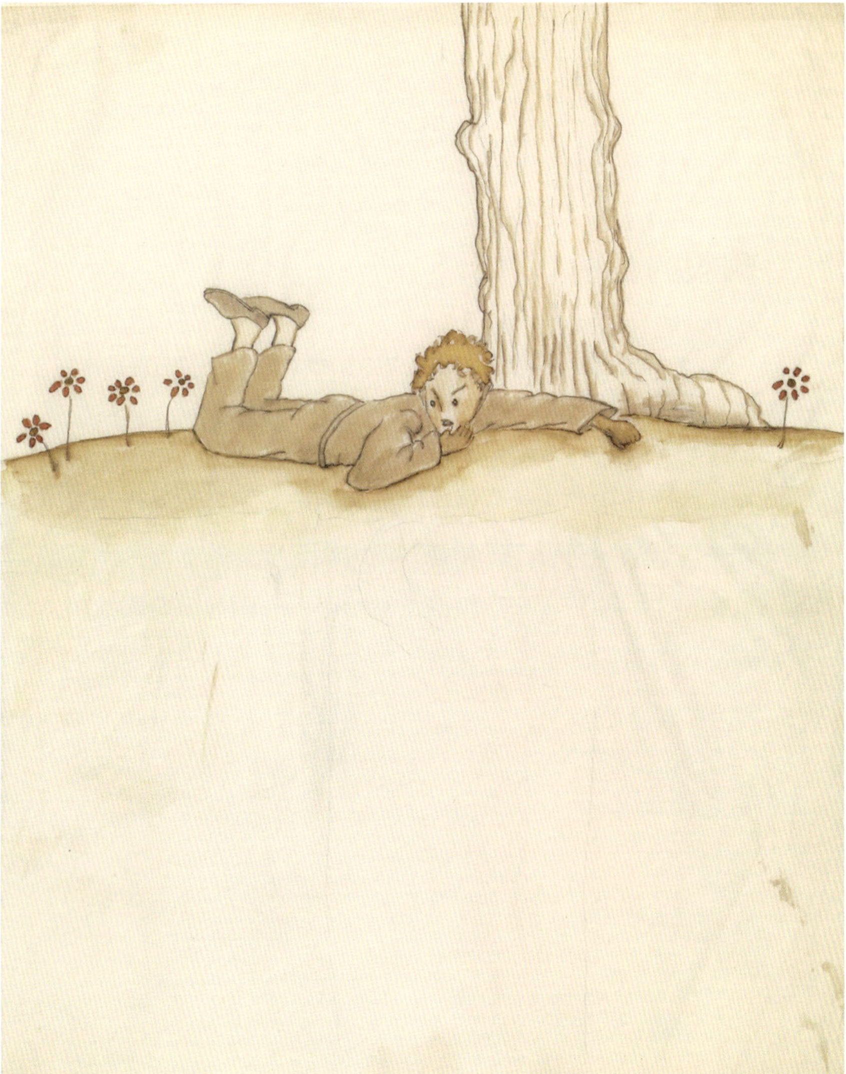

馴服的藝術

「『馴服』是什麼意思啊?」
「哦,它非常重要!」狐狸說:「它的意思就是指——建立連結。」
——第XXI章的草稿

在作者手稿中並未提到蝸牛,很明顯地,聖修伯里也無意讓蝸牛取代狐狸與小王子相遇。但這幅未收錄的插圖,聖修伯里點出了——不管是馴服還是被馴服——兩個重要的技巧:耐心與等待。

致命的協議

「你的毒液管用嗎？你肯定不會讓我痛苦太久吧？」
——第XXVI章

聖修伯里捨棄了部分描述小王子初次與毒蛇相遇的情景。其中一段是毒蛇自比為一個黃金手鐲，小王子可以戴著牠去「最後的派對」。小王子問：「最後的派對是什麼？」毒蛇回答：「噢，沒什麼，我只是開玩笑。」

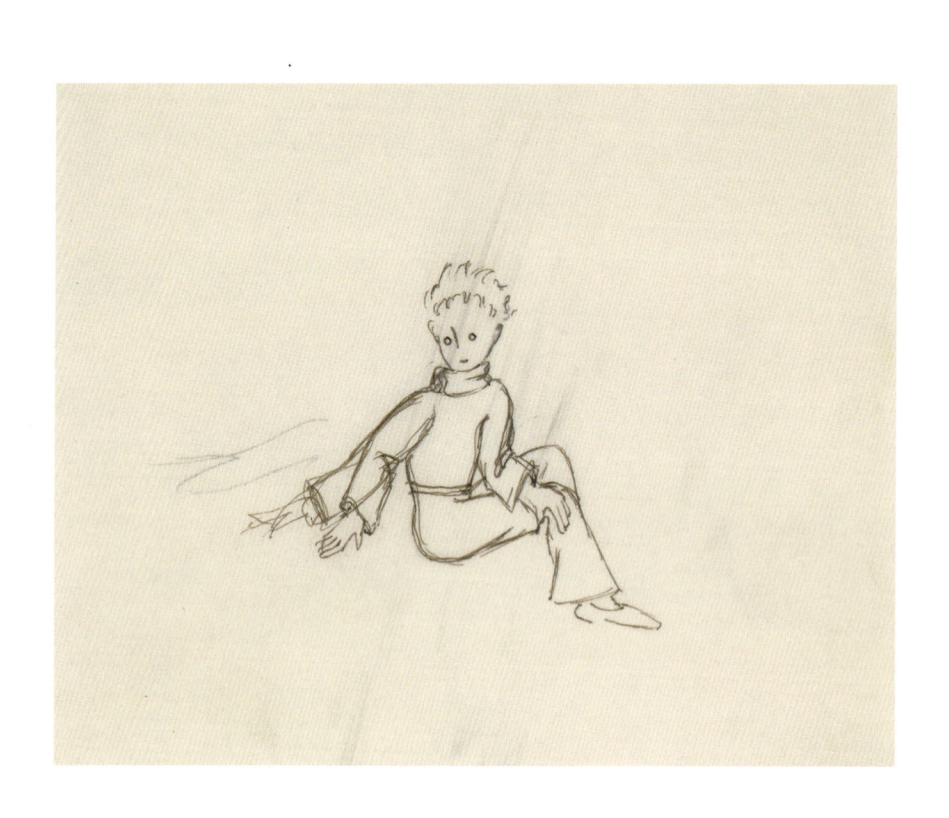

當你仰望天空

「真正重要的東西用眼睛是看不見的。」
──第ＸＸＶⅠ章

沒人知道聖修伯里在創作《小王子》期間畫了多少張畫又丟掉了多少張？以這幅畫為例，很明顯曾經被揉成一團丟棄，但又被撿了回來，攤平，並且保留了下來。是友人把這張畫救了回來？還是聖修伯里最後一刻改變了心意？

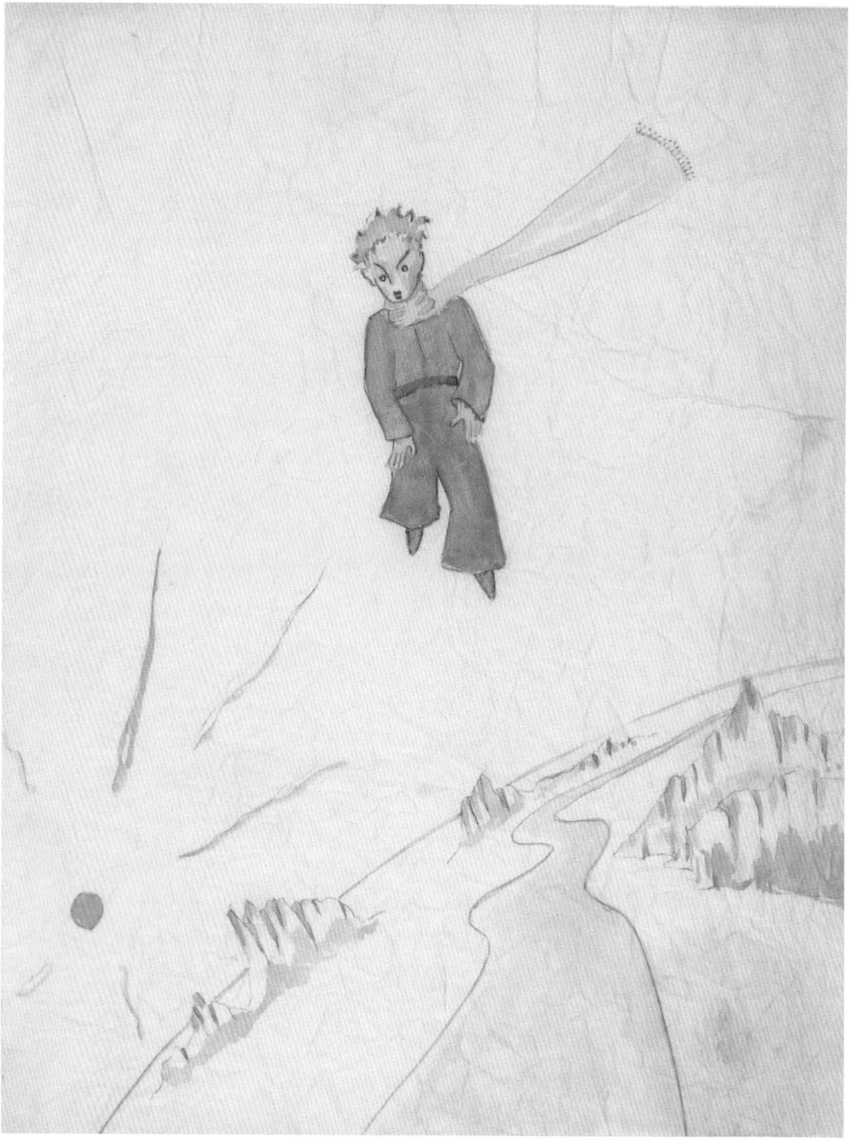

小王子

英文版

I believe that for his escape he took advantage of the migration of a flock of wild birds.

The Little Prince

Written and Illustrated by

Antoine de Saint-Exupéry

TO LEON WERTH

I ask the indulgence of the children who may read this book for dedicating it to a grown-up. I have a serious reason: he is the best friend I have in the world. I have another reason: this grown-up understands everything, even books about children. I have a third reason: he lives in France where he is hungry and cold. He needs cheering up. If all these reasons are not enough, I will dedicate the book to the child from whom this grown-up grew. All grown-ups were once children—although few of them remember it. And so I correct my dedication:

TO LEON WERTH
when he was a little boy

I

Once when I was six years old I saw a magnificent picture in a book, called True Stories from Nature, about the primeval forest. It was a picture of a boa constrictor in the act of swallowing an animal. Here is a copy of the drawing.

In the book it said: "Boa constrictors swallow their prey whole, without chewing it. After that they are not able to move, and they sleep through the six months that they need for digestion."

I pondered deeply, then, over the adventures of the jungle. And after some work with a colored pencil I succeeded in making my first drawing. My Drawing Number One. It looked like this:

I showed my masterpiece to the grown-ups, and asked them whether the drawing frightened them.

But they answered: "Frighten? Why should any one be frightened by a hat?"

My drawing was not a picture of a hat. It was a picture of a boa constrictor digesting an elephant. But since the grown-ups were not able to understand it, I made another drawing: I drew the inside of the boa constrictor, so that the grown-ups could see it clearly. They always need to have things explained. My Drawing Number Two looked like this:

The grown-ups' response, this time, was to advise me to lay aside my drawings of boa constrictors, whether from the inside or the outside, and devote myself instead to geography, history, arithmetic and grammar. That is why, at the age of six, I gave up what might have been a magnificent career as a painter. I had been disheartened by the failure of my Drawing Number One and my Drawing Number Two. Grown-ups never understand anything by themselves, and it is tiresome for children to be always and forever explaining things to them.

So then I chose another profession, and learned to pilot airplanes. I have flown a little over all parts of the world; and it is true that geography has been very useful to me. At a glance

I can distinguish China from Arizona. If one gets lost in the night, such knowledge is valuable.

In the course of this life I have had a great many encounters with a great many people who have been concerned with matters of consequence. I have lived a great deal among grown-ups. I have seen them intimately, close at hand. And that hasn't much improved my opinion of them.

Whenever I met one of them who seemed to me at all clear-sighted, I tried the experiment of showing him my Drawing Number One, which I have always kept. I would try to find out, so, if this was a person of true understanding. But, whoever it was, he, or she, would always say:

"That is a hat."

Then I would never talk to that person about boa constrictors, or primeval forests, or stars. I would bring myself down to his level. I would talk to him about bridge, and golf, and politics, and neckties. And the grown-up would be greatly pleased to have met such a sensible man.

II

So I lived my life alone, without anyone that I could really talk to, until I had an accident with my plane in the Desert of Sahara, six years ago.Something was broken in my engine. And as I had with me neither a mechanic nor any passengers,

I set myself to attempt the difficult repairs all alone. It was a question of life or death for me: I had scarcely enough drinking water to last a week.

The first night, then, I went to sleep on the sand, a thousand miles from any human habitation. I was more isolated than a shipwrecked sailor on a raft in the middle of the ocean. Thus you can imagine my amazement, at sunrise, when I was awakened by an odd little voice. It said:

"If you please—draw me a sheep!"

"What!"

"Draw me a sheep!"

I jumped to my feet, completely thunderstruck. I blinked my eyes hard. I looked carefully all around me. And I saw a most extraordinary small person, who stood there examining me with great seriousness. Here you may see the best portrait that, later, I was able to make of him. But my drawing is certainly very much less charming than its model.

That, however, is not my fault. The grown-ups discouraged me in my painter's career when I was six years old, and I never learned to draw anything, except boas from the outside and boas from the inside.

Now I stared at this sudden apparition with my eyes fairly starting out of my head in astonishment. Remember, I had crashed in the desert a thousand miles from any inhabited region. And yet my little man seemed neither to be straying uncertainly among the sands, nor to be fainting from fatigue or

"Here is the best portrait that, later, I was able to make of him."

hunger or thirst or fear. Nothing about him gave any suggestion of a child lost in the middle of the desert, a thousand miles from any human habitation. When at last I was able to speak, I said to him:

"But—what are you doing here?"

And in answer he repeated, very slowly, as if he were speaking of a matter of great consequence:

"If you please—draw me a sheep..."

When a mystery is too overpowering, one dare not disobey. Absurd as it might seem to me, a thousand miles from any human habitation and in danger of death, I took out of my pocket a sheet of paper and my fountain-pen. But then I remembered how my studies had been concentrated on geography, history, arithmetic and grammar, and I told the little chap (a little crossly, too) that I did not know how to draw. He answered me:

"That doesn't matter. Draw me a sheep..."

But I had never drawn a sheep. So I drew for him one of the two pictures I had drawn so often. It was that of the boa constrictor from the outside. And I was astounded to hear the little fellow greet it with,

"No, no, no! I do not want an elephant inside a boa constrictor. A boa constrictor is a very dangerous creature, and an elephant is very cumbersome. Where I live, everything is very small. What I need is a sheep. Draw me a sheep."

So then I made a drawing.

He looked at it carefully, then he said:

"No. This sheep is already very sickly. Make me another."

So I made another drawing.

My friend smiled gently and indulgently.

"You see yourself," he said, "that this is not a sheep. This is a ram. It has horns."

So then I did my drawing over once more.

But it was rejected too, just like the others.

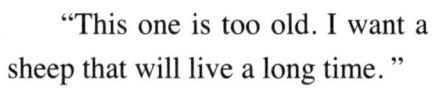

"This one is too old. I want a sheep that will live a long time."

By this time my patience was exhausted, because I was in a hurry to start taking my engine apart. So I tossed off this drawing.

And I threw out an explanation with it.

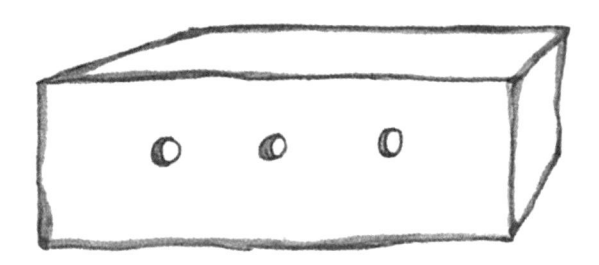

"This is only his box. The sheep you asked for is inside."

I was very surprised to see a light break over the face of my young judge:

"That is exactly the way I wanted it! Do you think that this sheep will have to have a great deal of grass?"

"Why?"

"Because where I live everything is very small..."

"There will surely be enough grass for him," I said. "It is a very small sheep that I have given you."

He bent his head over the drawing:

"Not so small that—Look! He has gone to sleep..."

And that is how I made the acquaintance of the little prince.

III

It took me a long time to learn where he came from. The little prince, who asked me so many questions, never seemed to hear the ones I asked him. It was from words dropped by chance that, little by little, everything was revealed to me. The first time he saw my air-plane, for instance(I shall not draw my air-plane; that would be much too complicated for me), he asked me:

"What is that object?"

"That is not an object. It flies. It is an airplane. It is my airplane."

And I was proud to have him learn that I could fly. He cried out, then:

"What! You dropped down from the sky?"

"Yes," I answered, modestly.

"Oh! That is funny!"

And the little prince broke into a lovely peal of laughter, which irritated me very much. I like my misfortunes to be taken seriously. Then he added:

"So you, too, come from the sky! Which is your planet?"

At that moment I caught a gleam of light in the impenetrable mystery of his presence; and I demanded, abruptly:

"Do you come from another planet?"

But he did not reply. He tossed his head gently, without taking his eyes from my plane:

"It is true that on that you can't have come from very far away..."

And he sank into a reverie, which lasted a long time. Then, taking my sheep out of his pocket, he buried himself in the contemplation of his treasure.

You can imagine how my curiosity was aroused by this half-confidence about the "other planets". I made a great effort, therefore, to find out more on this subject.

"My little man, where do you come from? What is this 'where I live,' of which you speak? Where do you want to take your sheep?"

After a reflective silence he answered:

"The thing that is so good about the box you have given me is that at night he can use it as his house."

"That is so. And if you are good I will give you a string, too, so that you can tie him during the day, and a post to tie him to."

But the little prince seemed shocked by this offer:

"Tie him! What a queer idea!"

"But if you don't tie him," I said, "he will wander off somewhere, and get lost."

My friend broke into another peal of laughter:

"But where do you think he would go?"

"Anywhere. Straight ahead of him."

Then the little prince said, earnestly:

"That doesn't matter. Where I live, everything is so small!"

And, with perhaps a hint of sadness, he added:

"Straight ahead of him, nobody can go very far..."

IV

I had thus learned a second fact of great importance: this was that the planet the little prince came from was scarcely any larger than a house!

But that did not really surprise me much. I knew very well that in addition to the great planets—such as the Earth, Jupiter, Mars, Venus—to which we have given names, there are also hundreds of others, some of which are so small that one has a hard time seeing them through the telescope.

When an astronomer discovers one of these he does not give it a name, but only a number. He might call it, for example, "Asteroid 325."

I have serious reason to believe that the planet from which the little prince came is the asteroid known as B-612. This asteroid has only once been seen through the telescope. That was by a Turkish astronomer, in 1909.

On making his discovery, the astronomer had presented it to the International Astronomical Congress, in a great demonstration. But he was in Turkish costume, and so nobody would believe what he said. Grown-ups are like that...

Fortunately, however, for the reputation of Asteroid B-612, a Turkish dictator made a law that his subjects, under pain of death, should change to European costume. So in 1920 the astronomer gave his demonstration all over again, dressed with impressive style and elegance. And this time everybody accepted his report.

If I have told you these details about the asteroid, and made a note of its number for you, it is on account of the grown-ups and their ways. When you tell them that you have made a new friend, they never ask you any questions about essential matters. They never say to you, "What does his voice sound like? What games does he love best? Does he collect butterflies?" Instead, they demand: "How old is he? How many brothers has he? How much does he weigh? How much money does his father make?" Only from these figures do they think they have learned anything about him.

If you were to say to the grown-ups: "I saw a beautiful house made of rosy brick, with geraniums in the windows and doves on the roof," they would not be able to get any idea of that house at all. You would have to say to them: "I saw a house that cost a hundred thousand francs." Then they would exclaim: "Oh, what a pretty house that is!"

Just so, you might say to them: "The proof that the little prince existed is that he was charming, that he laughed, and that he was looking for a sheep. If anybody wants a sheep, that is a proof that he exists." And what good would it do to tell them that? They would shrug their shoulders, and treat you like a child. But if you said to them: "The planet he came from is Asteroid B-612", then they would be convinced, and leave you in peace from their questions.

They are like that. One must not hold it against them. Children should always show great forbearance toward grown-up people.

But certainly, for us who understand life, figures are a matter of indifference. I should have liked to begin this story in the fashion of the fairy-tales. I should have like to say: "Once upon a time there was a little prince who lived on a planet that was scarcely any bigger than himself, and who had need of a sheep..."

To those who understand life, that would have given a much greater air of truth to my story.

For I do not want any one to read my book carelessly. I have suffered too much grief in setting down these memories. Six years have already passed since my friend went away from me, with his sheep. If I try to describe him here, it is to make sure that I shall not forget him. To forget a friend is sad. Not every one has had a friend. And if I forget him, I may become like the grown-ups who are no longer interested in anything but figures...

It is for that purpose, again, that I have bought a box of paints and some pencils. It is hard to take up drawing again at my age, when I have never made any pictures except those of the boa constrictor from the outside and the boa constrictor from the inside, since I was six. I shall certainly try to make my portraits as true to life as possible. But I am not at all sure of success. One drawing goes along all right, and another has no resemblance to its subject. I make some errors, too, in the little prince's height: in one place he is too tall and in another too short. And I feel some doubts about the colour of his costume. So I fumble along as best I can, now good, now bad, and I hope generally fair-to-middling. In certain more important details I shall make mistakes, also. But that is something that will not be my fault. My friend never explained anything to me. He thought, perhaps, that I was like himself. But I, alas, do not know how to see sheep through the walls of boxes. Perhaps I am a little like the grown-ups. I have had to grow old.

The Little Prince on Asteroid B-612

V

As each day passed I would learn, in our talk, something about the little prince's planet, his departure from it, his journey. The information would come very slowly, as it might chance to fall from his thoughts. It was in this way that I heard, on the third day, about the catastrophe of the baobabs.

This time, once more, I had the sheep to thank for it. For the little prince asked me abruptly—as if seized by a grave doubt—"It is true, isn't it, that sheep eat little bushes?"

"Yes, that is true."

"Ah! I am glad!"

I did not understand why it was so important that sheep should eat little bushes. But the little prince added:

"Then it follows that they also eat baobabs?"

I pointed out to the little prince that baobabs were not little bushes, but, on the contrary, trees as big as castles; and that even if he took a whole herd of elephants away with him, the herd would not eat up one single baobab.

The idea of the herd of elephants made the little prince laugh.

"We would have to put them one on top of the other," he said.

But he made a wise comment:

"Before they grow so big, the baobabs start out by being little."

"That is strictly correct," I said. "But why do you want the sheep to eat the little baobabs?"

He answered me at once, "Oh, come, come!", as if he were speaking of something that was self-evident. And I was obliged to make a great mental effort to solve this problem, without any assistance.

Indeed, as I learned, there were on the planet where the little prince lived—as on all planets—good plants and bad plants. In consequence, there were good seeds from good plants, and bad seeds from bad plants. But seeds are invisible. They sleep deep in the heart of the earth's darkness, until some one among them is seized with the desire to awaken. Then this little seed will stretch itself and begin—timidly at first— to push a charming little sprig inoffensively upward toward the sun. If it is only a sprout of radish or the sprig of a rose-bush, one would let it grow wherever it might wish. But when it is a bad plant, one must destroy it as soon as possible, the very first instant that one recognizes it.

Now there were some terrible seeds on the planet that was the home of the little prince; and these were the seeds of the baobab. The soil of that planet was infested with them. A baobab is something you will never, never be able to get rid of if you attend to it too late. It spreads over the entire planet. It bores clear through it with its roots. And if the planet is too small, and the baobabs are too many, they split it in pieces...

"It is a question of discipline," the little prince said to me later on. "When you've finished your own toilet in the morning, then it is time to attend to the toilet of your planet, just so, with the greatest care. You must see to it that you pull up regularly all the baobabs, at the very first moment when they can be distinguished from the rosebushes, which they resemble so closely in their earliest youth. It is very tedious work," the little prince added, "but very easy."

And one day he said to me: "You ought to make a beautiful drawing, so that the children where you live can see exactly how all this is. That would be very useful to them if they were to travel some day. Sometimes," he added, "there is no harm in putting off a piece of work until another day. But when it is a matter of baobabs, that always means a catastrophe. I knew a planet that was inhabited by a lazy man. He neglected three little bushes... "

So, as the little prince described it to me, I have made a drawing of that planet. I do not much like to take the tone of a moralist. But the danger of the baobabs is so little understood,

The Baobabs.

and such considerable risks would be run by anyone who might get lost on an asteroid, that for once I am breaking through my reserve. "Children," I say plainly, "watch out for the baobabs!"

My friends, like myself, have been skirting this danger for a long time, without ever knowing it; and so it is for them that I have worked so hard over this drawing. The lesson which I pass on by this means is worth all the trouble it has cost me.

Perhaps you will ask me, "Why are there no other drawing in this book as magnificent and impressive as this drawing of the baobabs?"

The reply is simple. I have tried. But with the others I have not been successful. When I made the drawing of the baobabs I was carried beyond myself by the inspiring force of urgent necessity.

VI

Oh, little prince! Bit by bit I came to understand the secrets of your sad little life... For a long time you had found your only entertainment in the quiet pleasure of looking at the sunset. I learned that new detail on the morning of the fourth day, when you said to me:

"I am very fond of sunsets. Come, let us go look at a sunset now."

"But we must wait," I said.

"Wait? For what?"

"For the sunset. We must wait until it is time."

At first you seemed to be very much surprised. And then you laughed to yourself. You said to me:

"I am always thinking that I am at home!"

Just so. Everybody knows that when it is noon in the United States the sun is setting over France. If you could fly to France in one minute, you could go straight into the sunset, right from noon.

Unfortunately, France is too far away for that. But on your tiny planet, my little prince, all you needed to do is move your chair a few steps. You can see the day end and the twilight falling whenever you like...

"One day," you said to me, "I saw the sunset forty-four times!"

And a little later you added:

"You know—one loves the sunset, when one is so sad..."

"Were you so sad, then?" I asked, "on the day of the forty-four sunsets?"

But the little prince made no reply.

VII

On the fifth day—again, as always, it was thanks to the sheep—the secret of the little prince's life was revealed to me. Abruptly, without anything to lead up to it, and as if the question had been born of long and silent meditation on his problem, he demanded:

"A sheep—if it eats little bushes, does it eat flowers, too?"

"A sheep," I answered, "eats anything it finds in its reach."

"Even flowers that have thorns?"

"Yes, even flowers that have thorns."

"Then the thorns—what use are they?"

I did not know. At that moment I was very busy trying to unscrew a bolt that had got stuck in my engine. I was very much worried, for it was becoming clear to me that the breakdown of my plane was extremely serious. And I had so little drinking- water left that I had to fear for the worst.

"The thorns—what use are they?"

The little prince never let go of a question, once he had asked it. As for me, I was upset over that bolt. And I answered with the first thing that came into my head:

"The thorns are of no use at all. Flowers have thorns just for spite!"

"Oh!"

There was a moment of complete silence. Then the little prince flashed back at me, with a kind of resentfulness:

"I don't believe you! Flowers are weak creatures. They are naive. They reassure themselves as best they can. They believe that their thorns are terrible weapons..."

I did not answer. At that instant I was saying to myself: "If this bolt still won't turn, I am going to knock it out with the hammer." Again the little prince disturbed my thoughts.

"And you actually believe that the flowers..."

"Oh, no!" I cried. "No, no, no! I don't believe anything. I answered you with the first thing that came into my head. Don't you see—I am very busy with matters of consequence!"

He stared at me, thunderstruck.

"Matters of consequence!"

He looked at me there, with my hammer in my hand, my fingers black with engine-grease, bending down over an object which seemed to him extremely ugly...

"You talk just like the grown-ups!"

That made me a little ashamed. But he went on, relentlessly:

"You mix everything up together... You confuse everything..."

He was really very angry. He tossed his golden curls in the breeze.

"I know a planet where there is a certain red-faced gentleman. He has never smelled a flower. He has never looked at a star. He has never loved any one. He has never done anything in his life but add up figures. And all day he says over and over, just like you: 'I am busy with matters of consequence!' And that makes him swell up with pride. But he is not a man—he is a mushroom!"

"A what?"

"A mushroom!"

The little prince was now white with rage.

"The flowers have been growing thorns for millions of years. For millions of years the sheep have been eating them just the same. And is it not a matter of consequence to try to understand why the flowers go to so much trouble to grow thorns, which are never of any use to them? Is the warfare between the sheep and the flowers not important? Is this not of more consequence than a fat red-faced gentleman's sums? And if I know—I, myself—one flower which is unique in the world, which grows nowhere but on my planet, but which one little sheep can destroy in a single bite some morning, without even noticing what he is doing—Oh! You think that is not important!"

His face turned from white to red as he continued:

"If some one loves a flower, of which just one single blossom grows in all the millions and millions of stars, it is enough to make him happy just to look at the stars. He can say to himself, 'Somewhere, my flower is there...' But if the sheep eats the flower, in one moment all his stars will be darkened... And you think that is not important!"

He could not say anything more. His words were choked by sobbing.

The night had fallen. I had let my tools drop from my hands. Of what moment now was my hammer, my bolt, or thirst, or death? On one star, one planet, my planet, the Earth, there was a little prince to be comforted. I took him in my arms, and rocked him. I said to him:

"The flower that you love is not in danger. I will draw you a muzzle for your sheep. I will draw you a railing to put around your flower. I will..."

I did not know what to say to him. I felt awkward and blundering. I did not know how I could reach him, where I could overtake him and go on hand in hand with him once more.

It is such a secret place, the land of tears.

VIII

I soon learned to know this flower better. On the little prince's planet the flowers had always been very simple. They had only one ring of petals; they took up no room at all; they were a trouble to nobody. One morning they would appear in the grass, and by night they would have faded peacefully away. But one day, from a seed blown from no one knew where, a new flower had come up; and the little prince had watched very closely over this small sprout which was not like any other small sprouts on his planet. It might, you see, have been a new kind of baobab.

But the shrub soon stopped growing, and began to get ready to produce a flower. The little prince, who was present at the first appearance of a huge bud, felt at once that some sort of miraculous apparition must emerge from it. But the flower was not satisfied to complete the preparations for her beauty in the shelter of her green chamber. She chose her colors with the greatest care. She dressed herself slowly. She adjusted her petals one by one. She did not wish to go out into the world all rumpled, like the field poppies. It was only in the full radiance of her beauty that she wished to appear. Oh, yes! She was a coquettish creature! And her mysterious adornment lasted for days and days. Then one morning, exactly at sunrise, she suddenly showed herself.

And, after working with all this painstaking precision, she yawned and said:

"Ah! I am scarcely awake. I beg that you will excuse me. My petals are still all disarranged..."

But the little prince could not restrain his admiration:

"Oh! How beautiful you are!"

"Am I not?" the flower responded, sweetly. "And I was born at the same moment as the sun..."

The little prince could guess easily enough that she was not any too modest—but how moving—and exciting—she was!

"I think it is time for breakfast," she added an instant later. "If you would have the kindness to think of my needs"

And the little prince, completely abashed, went to look for a sprinkling-can of fresh water. So, he tended the flower.

So, too, she began very quickly to torment him with her vanity—which was, if the truth be known, a little difficult to deal with. One day, for instance,when she was speaking of her four thorns, she said to the little prince:

"Let the tigers come with their claws!"

"There are no tigers on my planet," the little prince objected. "And, anyway, tigers do not eat weeds."

"I am not a weed," the flower replied, sweetly.

"Please excuse me..."

"I am not at all afraid of tigers," she went on, "but I have a horror of drafts. I suppose you wouldn't have a screen for me?"

"A horror of drafts—that is bad luck, for a plant," remarked the little prince, and added to himself, "This flower is a very complex creature..."

"At night I want you to put me under a glass globe. It is very cold where you live. In the place I came from..."

But she interrupted herself at that point. She had come in the form of a seed. She could not have known anything of any other worlds. Embarrassed over having let herself be caught on the verge of such an untruth, she coughed two or three times, in order to put the little prince in the wrong.

"The screen?"

"I was just going to look for it when you spoke to me..."

Then she forced her cough a little more so that he should suffer from remorse just the same.

So the little prince, in spite of all the good will that was inseparable from his love, had soon come to doubt her. He had taken seriously words which were without importance, and it made him very unhappy.

"I ought not to have listened to her," he confided to me one day. "One never ought to listen to the flowers. One should simply look at them and breathe their fragrance. Mine perfumed all my planet. But I did not know how to take pleasure in all her grace. This tale of claws, which disturbed me so much, should only have filled my heart with tenderness and pity."

And he continued his confidences:

"The fact is that I did not know how to understand anything! I ought to have judged by deeds and not by words. She cast her fragrance and her radiance over me. I ought never to have run away from her... I ought to have guessed all the affection that lay behind her poor little stratagems. Flowers are so inconsistent! But I was too young to know how to love her..."

IX

I believe that for his escape he took advantage of the migration of a flock of wild birds. On the morning of his departure he put his planet in perfect order. He carefully cleaned out his active volcanoes. He possessed two active volcanoes; and they were very convenient for heating his breakfast in the morning. He also had one volcano that was extinct. But, as he said, "One never knows!" So he cleaned out the extinct volcano, too. If they are well cleaned out, volcanoes burn slowly and steadily, without any eruptions. Volcanic eruptions are like fires in a chimney.

On our earth we are obviously much too small to clean out our volcanoes. That is why they bring no end of trouble upon us.

The little prince also pulled up, with a certain sense of dejection, the last little shoots of the baobabs. He believed that he would never want to return. But on this last morning all these familiar tasks seemed very precious to him. And when he watered the flower for the last time, and prepared to place her under the shelter of her glass globe, he realized that he was very close to tears.

"Goodbye," he said to the flower.

But she made no answer.

"Goodbye," he said again.

"He carefully cleaned out his active volcanoes."

The flower coughed. But it was not because she had a cold.

"I have been silly," she said to him, at last. "I ask your forgiveness. Try to be happy..."

He was surprised by this absence of reproaches. He stood there all bewildered, the glass globe held arrested in mid-air. He did not understand this quiet sweetness.

"Of course I love you," the flower said to him. "It is my fault that you have not known it all the while. That is of no importance. But you—you have been just as foolish as I. Try to be happy... Let the glass globe be. I don't want it any more."

"But the wind..."

"My cold is not so bad as all that... the cool night air will do me good. I am a flower."

"But the animals..."

"Well, I must endure the presence of two or three caterpillars if I wish to become acquainted with the butterflies— It seems that they are very beautiful. And if not the butterflies and the caterpillars—who will call upon me? You will be far away... As for the large animals—I am not at all afraid of any of them. I have my claws."

And, naively, she showed her four thorns. Then she added:

"Don't linger like this. You have decided to go away. Now go!"

For she did not want him to see her crying. She was such a proud flower...

X

He found himself in the neighbourhood of the asteroids 325, 326, 327, 328, 329, and 330. He began, therefore, by visiting them, in order to add to his knowledge.

The first of them was inhabited by a king. Clad in royal purple and ermine, he was seated upon a throne, which was at the same time both simple and majestic.

"Ah! Here is a subject," exclaimed the king, when he saw the little prince coming.

And the little prince asked himself:

"How could he recognize me when he had never seen me before?"

He did not know how the world is simplified for kings. To them, all men are subjects.

"Approach, so that I may see you better," said the king, who felt consumingly proud of being at last a king over somebody.

The little prince looked everywhere to find a place to sit down; but the entire planet was crammed and obstructed by the king's magnificent ermine robe. So he remained standing upright, and, since he was tired, he yawned.

"It is contrary to etiquette to yawn in the presence of a king," the monarch said to him. "I forbid you to do so."

"I can't help it. I can't stop myself," replied the little prince, thoroughly embarrassed. "I have come on a long journey, and I have had no sleep..."

"Ah, then," the king said. "I order you to yawn. It is years since I have seen anyone yawning. Yawns, to me, are objects of curiosity. Come, now! Yawn again! It is an order."

"That frightens me... I cannot, any more..." murmured the little prince, now completely abashed.

"Hum! Hum!" replied the king. "Then I...I order you sometimes to yawn and sometimes to..."

He sputtered a little, and seemed vexed.

For what the king fundamentally insisted upon was that his authority should be respected. He tolerated no disobedience. He was an absolute monarch. But, because he was a very good man, he made his orders reasonable.

"If I ordered a general," he would say, by way of example, "if I ordered a general to change himself into a sea bird, and if the general did not obey me, that would not be the fault of the general. It would be my fault."

"May I sit down?" came now a timid inquiry from the little prince.

"I order you to do so," the king answered him, and majestically gathered in a fold of his ermine mantle.

But the little prince was wondering... The planet was tiny. Over what could this king really rule?

"Sire," he said to him, "I beg that you will excuse my asking you a question—"

"I order you to ask me a question," the king hastened to assure him.

"... the entire planet was crammed and obstructed
by the king's magnificent ermine robe."

"Sire—over what do you rule?"

"Over everything," said the king, with magnificent simplicity.

"Over everything?"

The king made a gesture, which took in his planet, the other planets, and all the stars.

"Over all that?" asked the little prince.

"Over all that," the king answered.

For his rule was not only absolute: it was also universal.

"And the stars obey you?"

"Certainly they do," the king said. "They obey instantly. I do not permit insubordination."

Such power was a thing for the little prince to marvel at. If he had been master of such complete authority, he would have been able to watch the sunset, not forty-four times in one day, but seventy-two, or even a hundred, or even two hundred times, without ever having to move his chair. And because he felt a bit sad as he remembered his little planet which he had forsaken, he plucked up his courage to ask the king a favor:

"I should like to see a sunset... Do me that kindness... Order the sun to set..."

"If I ordered a general to fly from one flower to another like a butterfly, or to write a tragic drama, or to change himself into a sea bird, and if the general did not carry out the order that he had received, which one of us would be in the wrong?" the king demanded. "The general, or myself?"

"You," said the little prince firmly.

"Exactly. One must require from each one the duty which each one can perform," the king went on. "Accepted authority rests first of all on reason. If you ordered your people to go and throw themselves into the sea, they would rise up in revolution. I have the right to require obedience because my orders are reasonable."

"Then my sunset?" the little prince reminded him: for he never forgot a question once he had asked it.

"You shall have your sunset. I shall command it. But, according to my science of government, I shall wait until conditions are favourable."

"When will that be?" inquired the little prince.

"Hum! Hum!" replied the king; and before saying anything else he consulted a bulky almanac. "Hum! Hum! That will be about... about... that will be this evening about twenty minutes to eight. And you will see how well I am obeyed."

The little prince yawned. He was regretting his lost sunset. And then, too, he was already beginning to be a little bored.

"I have nothing more to do here," he said to the king. "So I shall set out on my way again."

"Do not go," said the king, who was very proud of having a subject. "Do not go. I will make you a Minister!"

"Minister of what?"

"Minster of—of Justice!"

"But there is nobody here to judge!"

"We do not know that," the king said to him. "I have not yet made a complete tour of my kingdom. I am very old. There is no room here for a carriage. And it tires me to walk."

"Oh, but I have looked already!" said the little prince, turning around to give one more glance to the other side of the planet. On that side, as on this, there was nobody at all...

"Then you shall judge yourself," the king answered. "that is the most difficult thing of all. It is much more difficult to judge oneself than to judge others. If you succeed in judging yourself rightly, then you are indeed a man of true wisdom."

"Yes," said the little prince, "but I can judge myself anywhere. I do not need to live on this planet."

"Hum! Hum!" said the king. "I have good reason to believe that somewhere on my planet there is an old rat. I hear him at night. You can judge this old rat. From time to time you will condemn him to death. Thus his life will depend on your justice. But you will pardon him on each occasion; for he must be treated thriftily. He is the only one we have."

"I," replied the little prince, "do not like to condemn anyone to death. And now I think I will go on my way."

"No," said the king.

But the little prince, having now completed his preparations for departure, had no wish to grieve the old monarch.

"If Your Majesty wishes to be promptly obeyed," he said, "he should be able to give me a reasonable order. He should be able, for example, to order me to be gone by the end of one minute. It seems to me that conditions are favourable..."

As the king made no answer, the little prince hesitated a moment. Then, with a sigh, he took his leave.

"I make you my Ambassador," the king called out, hastily.

He had a magnificent air of authority.

"The grown-ups are very strange," the little prince said to himself, as he continued on his journey.

XI

The second planet was inhabited by a conceited man.

"Ah! Ah! I am about to receive a visit from an admirer!" he exclaimed from afar, when he first saw the little prince coming.

For, to conceited men, all other men are admirers.

"Good morning," said the little prince. "That is a queer hat you are wearing."

"It is a hat for salutes," the conceited man replied. "It is to raise in salute when people acclaim me. Unfortunately, nobody at all ever passes this way."

"Yes?" said the little prince, who did not understand what the conceited man was talking about.

"Clap your hands, one against the other," the conceited man now directed him.

The little prince clapped his hands. The conceited man raised his hat in a modest salute.

"This is more entertaining than the visit to the king," the little prince said to himself. And he began again to clap his hands, one against the other. The conceited man again raised his hat in salute.

After five minutes of this exercise the little prince grew tired of the game's monotony.

"And what should one do to make the hat come down?" he asked.

But the conceited man did not hear him. Conceited people never hear anything but praise.

"Do you really admire me very much?" he demanded of the little prince.

"What does that mean—'admire'?"

"To admire means that you regard me as the handsomest, the best-dressed, the richest, and the most intelligent man on this planet."

"But you are the only man on your planet!"

"Ah! Ah! I am about to receive a visit from an admirer!"

"Do me this kindness. Admire me just the same."

"I admire you," said the little prince, shrugging his shoulders slightly, "but what is there in that to interest you so much?"

And the little prince went away.

"The grown-ups are certainly very odd," he said to himself, as he continued on his journey.

XII

The next planet was inhabited by a tippler. This was a very short visit, but it plunged the little prince into deep dejection.

"What are you doing there?" he said to the tippler, whom he found settled down in silence before a collection of empty bottles and also a collection of full bottles.

"I am drinking," replied the tippler, with a lugubrious air.

"Why are you drinking?" demanded the little prince.

"So that I may forget," replied the tippler.

"Forget what?" inquired the little prince, who already was sorry for him.

"The next planet was inhabited by a tippler."

"Forget that I am ashamed," the tippler confessed, hanging his head.

"Ashamed of what?" insisted the little prince, who wanted to help him.

"Ashamed of drinking!" The tippler brought his speech to an end, and shut himself up in an impregnable silence.

And the little prince went away, puzzled.

"The grown-ups are certainly very, very odd," he said to himself, as he continued on his journey.

XIII

The fourth planet belonged to a businessman. This man was so much occupied that he did not even raise his head at the little prince's arrival.

"Good morning," the little prince said to him. "Your cigarette has gone out."

"Three and two make five. Five and seven make twelve. Twelve and three make fifteen. Good morning. Fifteen and seven make twenty-two. Twenty-two and six make twenty-eight. I haven't time to light it again. Twenty-six and five make thirty-one. Phew! Then that makes five-hundred-and-one-million, six-hundred-twenty-two-thousand, seven-hundred-thirty-one."

"Five hundred million what?" asked the little prince.

"Eh? Are you still there? Five-hundred-and-one million—I can't stop... I have so much to do! I am concerned with matters of consequence. I don't amuse myself with balderdash. Two and five make seven..."

"Five-hundred-and-one million what?" repeated the little prince, who never in his life had let go of a question once he had asked it.

The businessman raised his head.

"During the fifty-four years that I have inhabited this planet, I have been disturbed only three times. The first time was twenty-two years ago, when some giddy goose fell from goodness knows where. He made the most frightful noise that resounded all over the place, and I made four mistakes in my addition. The second time, eleven years ago, I was disturbed by an attack of rheumatism. I don't get enough exercise. I have no time for loafing. The third time—well, this is it! I was saying, then, five-hundred-and-one millions—"

"Millions of what?"

The businessman suddenly realized that there was no hope of being left in peace until he answered this question.

"Millions of those little objects," he said, "which one sometimes sees in the sky."

"Flies?"

"Oh, no. Little glittering objects."

"Bees?"

"Oh, no. Little golden objects that set lazy men to idle dreaming. As for me, I am concerned with matters of consequence. There is no time for idle dreaming in my life."

"Ah! You mean the stars?"

"Yes, that's it. The stars."

"And what do you do with five-hundred millions of stars?"

"Five-hundred-and-one million, six-hundred-twenty-two thousand, seven-hundred-thirty-one. I am concerned with matters of consequence: I am accurate."

"And what do you do with these stars?"

"What do I do with them?"

"Yes."

"Nothing. I own them."

"You own the stars?"

"Yes."

"But I have already seen a king who..."

"Kings do not own, they reign over. It is a very different matter."

"And what good does it do you to own the stars?"

"It does me the good of making me rich."

"And what good does it do you to be rich?"

"It makes it possible for me to buy more stars, if any are discovered."

"This man," the little prince said to himself, "reasons a little like my poor tippler..."

Nevertheless, he still had some more questions.

"How is it possible for one to own the stars?"

"To whom do they belong?" the businessman retorted, peevishly.

"I don't know. To nobody."

"Then they belong to me, because I was the first person to think of it."

"Is that all that is necessary?"

"Certainly. When you find a diamond that belongs to nobody, it is yours. When you discover an island that belongs to nobody, it is yours. When you get an idea before any one else, you take out a patent on it: it is yours. So with me: I own the stars, because nobody else before me ever thought of owning them."

"Yes, that is true," said the little prince. "And what do you do with them?"

"I administer them," replied the businessman. "I count them and recount them. It is difficult. But I am a man who is naturally interested in matters of consequence."

The little prince was still not satisfied.

"If I owned a silk scarf," he said, "I could put it around my neck and take it away with me. If I owned a flower, I could pluck that flower and take it away with me. But you cannot pluck the stars from heaven..."

"No. But I can put them in the bank."

"Whatever does that mean?"

"That means that I write the number of my stars on a little paper. And then I put this paper in a drawer and lock it with a key."

"And that is all?"

"That is enough," said the businessman.

"It is entertaining," thought the little prince. "It is rather poetic. But it is of no great consequence."

On matters of consequence, the little prince had ideas which were very different from those of the grown-ups.

"I myself own a flower," he continued his conversation with the businessman, "which I water every day. I own three volcanoes, which I clean out every week (for I also clean out the one that is extinct; one never knows). It is of some use to my volcanoes, and it is of some use to my flower, that I own them. But you are of no use to the stars..."

The businessman opened his mouth, but he found nothing to say in answer. And the little prince went away.

"The grown-ups are certainly altogether extraordinary," he said simply, talking to himself as he continued on his journey.

XIV

The fifth planet was very strange. It was the smallest of all. There was just enough room on it for a street lamp and a lamplighter. The little prince was not able to reach any explanation of the use of a street lamp and a lamplighter, somewhere in the heavens, on a planet which had no people, and not one house. But he said to himself, nevertheless:

"I follow a terrible profession."

"It may well be that this man is absurd. But he is not so absurd as the king, the conceited man, the businessman, and the tippler. For at least his work has some meaning. When he lights his street lamp, it is as if he brought one more star to life, or one flower. When he puts out his lamp, he sends the flower, or the star, to sleep. That is a beautiful occupation. And since it is beautiful, it is truly useful."

When he arrived on the planet he respectfully saluted the lamplighter.

"Good morning. Why have you just put out your lamp?"

"Those are the orders," replied the lamplighter. "Good morning."

"What are the orders?"

"The orders are that I put out my lamp. Good evening."

And he lighted his lamp again.

"But why have you just lighted it again?"

"Those are the orders," replied the lamplighter.

"I do not understand," said the little prince.

"There is nothing to understand," said the lamplighter. "Orders are orders. Good morning."

And he put out his lamp.

Then he mopped his forehead with a handkerchief decorated with red squares.

"I follow a terrible profession. In the old days it was reasonable. I put the lamp out in the morning, and in the evening I lighted it again. I had the rest of the day for relaxation and the rest of the night for sleep."

"And the orders have been changed since that time?"

"The orders have not been changed," said the lamplighter. "That is the tragedy! From year to year the planet has turned more rapidly and the orders have not been changed!"

"Then what?" asked the little prince.

"Then—the planet now makes a complete turn every minute, and I no longer have a single second for repose. Once every minute I have to light my lamp and put it out!"

"That is very funny! A day lasts only one minute, here where you live!"

"It is not funny at all!" said the lamplighter. "While we have been talking together a month has gone by."

"A month?"

"Yes, a month. Thirty minutes. Thirty days. Good evening."

And he lighted his lamp again.

As the little prince watched him, he felt that he loved this lamplighter who was so faithful to his orders. He remembered the sunsets which he himself had gone to seek, in other days, merely by pulling up his chair; and he wanted to help his friend.

"You know," he said, "I can tell you a way you can rest whenever you want to..."

"I always want to rest," said the lamplighter.

For it is possible for a man to be faithful and lazy at the same time.

The little prince went on with his explanation:

"Your planet is so small that three strides will take you all the way around it. To be always in the sunshine, you need only walk along rather slowly. When you want to rest, you will walk—and the day will last as long as you like."

"That doesn't do me much good," said the lamplighter. "The one thing I love in life is to sleep."

"Then you're unlucky," said the little prince.

"I am unlucky," said the lamplighter. "Good morning."

And he put out his lamp.

"That man," said the little prince to himself, as he continued farther on his journey, "that man would be scorned by all the others: by the king, by the conceited man, by the tippler, by the businessman. Nevertheless he is the only one of them all who does not seem to me ridiculous. Perhaps that is because he is thinking of something else besides himself."

He breathed a sigh of regret, and said to himself, again:

"That man is the only one of them all whom I could have made my friend. But his planet is indeed too small. There is no room on it for two people..."

What the little prince did not dare confess was that he was sorry most of all to leave this planet, because it was blest every day with one thousand, four hundred and forty sunsets!

XV

The sixth planet was ten times larger than the last one. It was inhabited by an old gentleman who wrote voluminous books.

"Oh, look! Here is an explorer!" he exclaimed to himself when he saw the little prince coming.

The little prince sat down on the table and panted a little. He had already traveled so much and so far!

"Where do you come from?" the old gentleman said to him.

"What is that big book?" said the little prince. "What are you doing?"

"I am a geographer," said the old gentleman.

"What is a geographer?" asked the little prince.

"A geographer is a scholar who knows the location of all the seas, rivers, towns, mountains, and deserts."

"That is very interesting," said the little prince. "Here at last is a man who has a real profession!" And he cast a look around him at the planet of the geographer. It was the most magnificent and stately planet that he had ever seen.

"Your planet is very beautiful," he said. "Has it any oceans?"

"I couldn't tell you," said the geographer.

"Ah!" The little prince was disappointed. "Has it any mountains?"

"I couldn't tell you," said the geographer.

"And towns, and rivers, and deserts?"

"I couldn't tell you that, either."

"But you are a geographer!"

"Exactly," the geographer said. "But I am not an explorer. I haven't a single explorer on my planet. It is not the geographer who goes out to count the towns, the rivers, the mountains, the seas, the oceans, and the deserts. The geographer is much too important to go loafing about. He does not leave his desk. But he receives the explorers in his study. He asks them questions, and he notes down what they recall of their travels. And if the recollections of any one among them seem interesting to him, the geographer orders an inquiry into that explorer's moral character."

"Why is that?"

"Because an explorer who told lies would bring disaster on the books of the geographer. So would an explorer who drank too much."

"Why is that?" asked the little prince.

"Because intoxicated men see double. Then the geographer would note down two mountains in a place where there was only one."

"I know some one," said the little prince, "who would make a bad explorer."

"That is possible. Then, when the moral character of the explorer is shown to be good, an inquiry is ordered into his discovery."

"One goes to see it?"

"No. That would be too complicated. But one requires the explorer to furnish proofs. For example, if the discovery in question is that of a large mountain, one requires that large stones be brought back from it."

The geographer was suddenly stirred to excitement.

"But you—you come from far away! You are an explorer! You shall describe your planet to me!"

And, having opened his big register, the geographer

sharpened his pencil. The recitals of explorers are put down first in pencil. One waits until the explorer has furnished proofs, before putting them down in ink.

"Well?" said the geographer expectantly.

"Oh, where I live," said the little prince, "it is not very interesting. It is all so small. I have three volcanoes. Two volcanoes are active and the other is extinct. But one never knows."

"One never knows," said the geographer.

"I have also a flower."

"We do not record flowers," said the geographer.

"Why is that? The flower is the most beautiful thing on my planet!"

"We do not record them," said the geographer, "because they are ephemeral."

"What does that mean—'ephemeral'?"

"Geographies," said the geographer, "are the books which, of all books, are most concerned with matters of consequence. They never become old-fashioned. It is very rarely that a mountain changes its position. It is very rarely that an ocean empties itself of its waters. We write of eternal things."

"But extinct volcanoes may come to life again," the little prince interrupted. "What does that mean—'ephemeral'?"

"Whether volcanoes are extinct or alive, it comes to the same thing for us," said the geographer. "The thing that matters to us is the mountain. It does not change."

"But what does that mean—'ephemeral'?" repeated the little prince, who never in his life had let go of a question, once he had asked it.

"It means, 'which is in danger of speedy disappearance.'"

"Is my flower in danger of speedy disappearance?"

"Certainly it is."

"My flower is ephemeral," the little prince said to himself, "and she has only four thorns to defend herself against the world. And I have left her on my planet, all alone!"

That was his first moment of regret. But he took courage once more.

"What place would you advise me to visit now?" he asked.

"The planet Earth," replied the geographer. "It has a good reputation."

And the little prince went away, thinking of his flower.

XVI

So then the seventh planet was the Earth.

The Earth is not just an ordinary planet! One can count, there, one hundred and eleven kings (not forgetting, to be sure, the Negro kings among them), seven thousand geographers, nine hundred thousand businessmen, seven and a half million tipplers, three hundred and eleven million conceited men—that is to say, about two billion grown-ups.

To give you an idea of the size of the Earth, I will tell you that before the invention of electricity it was necessary to maintain, over the whole of the six continents, a veritable army of four hundred and sixty-two thousand, five hundred and eleven lamplighters for the street lamps.

Seen from a slight distance, that would make a splendid spectacle. The movements of this army would be regulated like those of the ballet in the opera. First would come the turn of the lamplighters of New Zealand and Australia. Having set their lamps alight, these would go off to sleep. Next, the lamplighters of China and Siberia would enter for their steps in the dance, and then they too would be waved back into the wings. After that would come the turn of the lamplighters of Russia and the Indies; then those of Africa and Europe; then those of South America; then those of North America. And never would they make a mistake in the order of their entry upon the stage. It would be magnificent.

Only the man who was in charge of the single lamp at the North Pole, and his colleague who was responsible for the single lamp at the South Pole—only these two would live free from toil and care: they would be busy twice a year.

XVII

When one wishes to play the wit, he sometimes wanders a little from the truth. I have not been altogether honest in what I have told you about the lamplighters. And I realize that I run the risk of giving a false idea of our planet to those who do not know it. Men occupy a very small place upon the Earth. If the two billion inhabitants who people its surface were all to stand upright and somewhat crowded together, as they do for some big public assembly, they could easily be put into one public square twenty miles long and twenty miles wide. All humanity could be piled up on a small Pacific islet.

The grown-ups, to be sure, will not believe you when you tell them that. They imagine that they fill a great deal of space. They fancy themselves as important as the baobabs. You should advise them, then, to make their own calculations. They adore figures, and that will please them. But do not waste your time on this extra task. It is unnecessary. You have, I know, confidence in me.

When the little prince arrived on the Earth, he was very much surprised not to see any people. He was beginning to be afraid he had come to the wrong planet, when a coil of gold, the color of the moonlight, flashed across the sand.

"Good evening," said the little prince courteously.

"Good evening," said the snake.

"What planet is this on which I have come down?" asked the little prince.

"When the little prince arrived on the Earth, he was
very surprised not to see any people."

"This is the Earth; this is Africa," the snake answered.

"Ah! Then there are no people on the Earth?"

"This is the desert. There are no people in the desert. The Earth is large," said the snake.

The little prince sat down on a stone, and raised his eyes toward the sky.

"I wonder," he said, "whether the stars are set alight in heaven so that one day each one of us may find his own again... Look at my planet. It is right there above us. But how far away it is!"

"It is beautiful," the snake said. "What has brought you here?"

"I have been having some trouble with a flower," said the little prince. "Ah!" said the snake.

And they were both silent.

"Where are the men?" the little prince at last took up the conversation again. "It is a little lonely in the desert..."

"It is also lonely among men," the snake said.

The little prince gazed at him for a long time.

"You are a funny animal," he said at last. "You are no thicker than a finger..."

"But I am more powerful than the finger of a king," said the snake.

The little prince smiled.

"You are not very powerful. You haven't even any feet. You cannot even travel..."

"I can carry you farther than any ship could take you," said the snake.

"You are a funny animal . . . You are no thicker than a finger."

He twined himself around the little prince's ankle, like a golden bracelet.

"Whomever I touch, I send back to the earth from whence he came," the snake spoke again. "But you are innocent and true, and you come from a star..."

The little prince made no reply.

"You move me to pity—you are so weak on this Earth made of granite," the snake said. "I can help you, some day, if you grow too homesick for your own planet. I can..."

"Oh! I understand you very well," said the little prince. "But why do you always speak in riddles?"

"I solve them all," said the snake.

And they were both silent.

XVIII

The little prince crossed the desert and met with only one flower. It was a flower with three petals, a flower of no account at all.

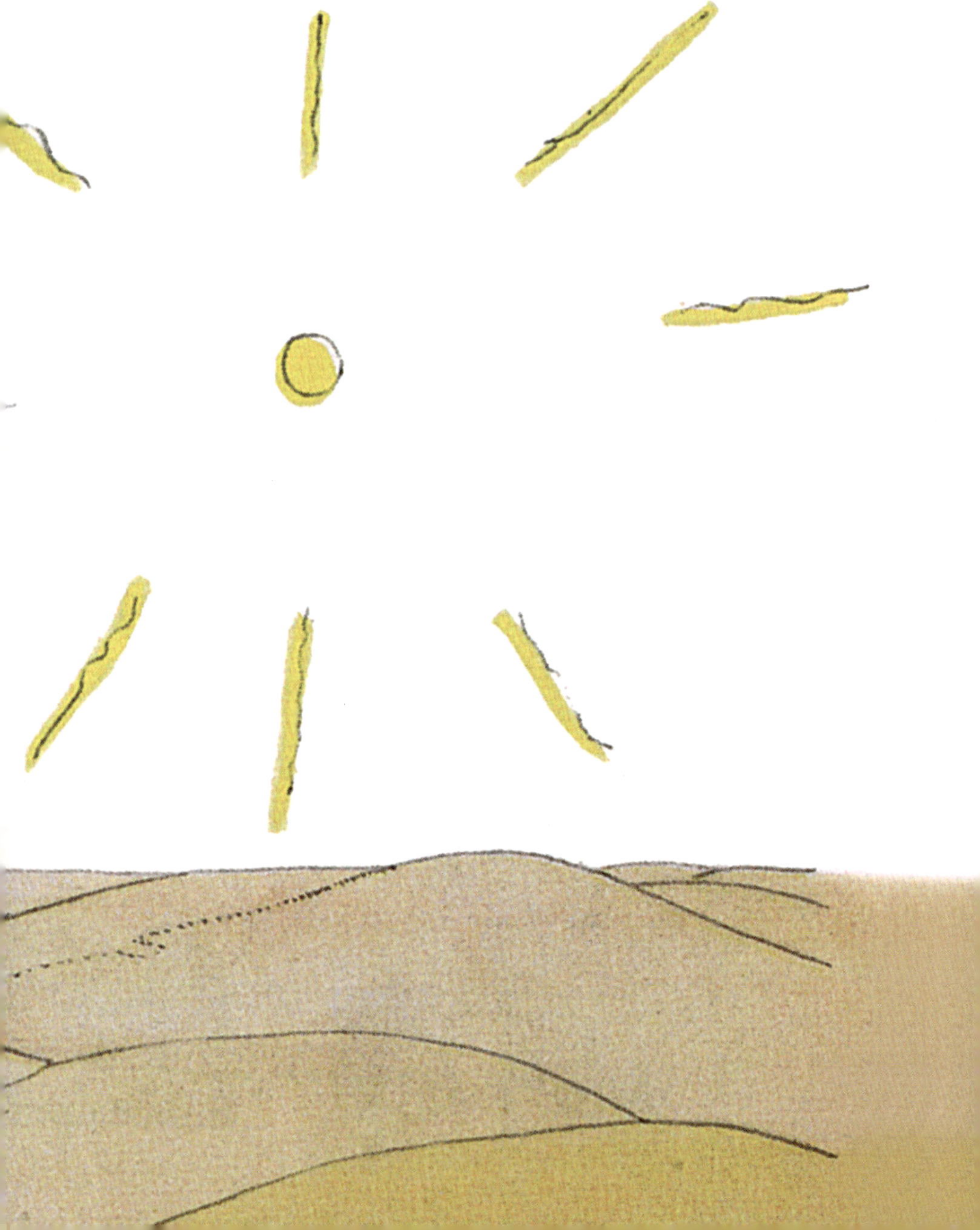

"Good morning," said the little prince.

"Good morning," said the flower.

"Where are the men?" the little prince asked, politely.

The flower had once seen a caravan passing.

"Men?" she echoed. "I think there are six or seven of them in existence. I saw them, several years ago. But one never knows where to find them. The wind blows them away. They have no roots, and that makes their life very difficult."

"Goodbye," said the little prince.

"Goodbye," said the flower.

XIX

After that, the little prince climbed a high mountain. The only mountains he had ever known were the three volcanoes, which came up to his knees. And he used the extinct volcano as a footstool. "From a mountain as high as this one," he said to himself, "I shall be able to see the whole planet at one glance, and all the people..." But he saw nothing, save peaks of rock that were sharpened like needles.

"Good morning," he said courteously.

"This planet is altogether dry, and altogether pointed."

"Good morning...Good morning...Good morning," answered the echo.

"Who are you?" said the little prince.

"Who are you...Who are you...Who are you?" answered the echo.

"Be my friends. I am all alone," he said.

"I am all alone...all alone. ..all alone," answered the echo.

"What a queer planet!" he thought. "It is altogether dry, and altogether pointed, and altogether harsh and forbidding. And the people have no imagination. They repeat whatever one says to them... On my planet I had a flower; she always was the first to speak..."

XX

But it happened that after walking for a long time through sand, and rocks, and snow, the little prince at last came upon a road. And all roads lead to the abodes of men.

"Good morning," he said.

He was standing before a garden, all a-bloom with roses.

"Good morning," said the roses.

The little prince gazed at them. They all looked like his flower.

"Who are you?" he demanded, thunderstruck.

"We are roses," the roses said.

"Ah!" said the little prince.

And he was overcome with sadness. His flower had told him that she was the only one of her kind in all the universe. And here were five thousand of them, all alike, in one single garden!

"She would be very much annoyed," he said to himself, "if she should see that... she would cough most dreadfully, and she would pretend that she was dying, to avoid being laughed at. And I should be obliged to pretend that I was nursing her back to life—for if I did not do that, to humble myself also, she would really allow herself to die..."

Then he went on with his reflections: "I thought that I was rich, with a flower that was unique in all the world; and all I had was a common rose. A common rose, and three volcanoes that come up to my knees—and one of them perhaps extinct forever... that doesn't make me a very great prince..." And he lay down in the grass and cried.

XXI

It was then that the fox appeared.

"Good morning," said the fox.

"Good morning," the little prince responded politely, although when he turned around he saw nothing.

"I am right here," the voice said, "under the apple tree."

"Who are you?" asked the little prince, and added, "You are very pretty to look at."

"And he lay down on the grass and cried."

"I am a fox," the fox said.

"Come and play with me," proposed the little prince. "I am so unhappy."

"I cannot play with you," the fox said. "I am not tamed."

"Ah! Please excuse me," said the little prince. But, after some thought, he added:

"What does that mean—'tame'?"

"You do not live here," said the fox. "What is it that you are looking for?"

"I am looking for men," said the little prince. "What does that mean—'tame'?"

"Men," said the fox. "They have guns, and they hunt. It is very disturbing. They also raise chickens. These are their only interests. Are you looking for chickens?"

"No," said the little prince. "I am looking for friends. What does that mean—'tame'?"

"It is an act too often neglected," said the fox. It means to establish ties."

"'To establish ties'?"

"Just that," said the fox. "To me, you are still nothing more than a little boy who is just like a hundred thousand other little boys. And I have no need of you. And you, on your part, have no need of me. To you, I am nothing more than a fox like a hundred thousand other foxes. But if you tame me, then we shall need each other. To me, you will be unique in all the world. To you, I shall be unique in all the world..."

"I am beginning to understand," said the little prince. "There is a flower... I think that she has tamed me..."

"It is possible," said the fox. "On the Earth one sees all sorts of things."

"Oh, but this is not on the Earth!" said the little prince.

The fox seemed perplexed, and very curious.

"On another planet?"

"Yes."

"Are there hunters on that planet?"

"No."

"Ah, that is interesting! Are there chickens?"

"No."

"Men," said the fox. "They have guns,
And they hunt."

"Nothing is perfect," sighed the fox.

But he came back to his idea:

"My life is very monotonous," the fox said. "I hunt chickens; men hunt me. All the chickens are just alike, and all the men are just alike. And, in consequence, I am a little bored. But if you tame me, it will be as if the sun came to shine on my life. I shall know the sound of a step that will be different from all the others. Other steps send me hurrying back underneath the ground. Yours will call me, like music, out of my burrow. And then look: you see the grain-fields down yonder? I do not eat bread. Wheat is of no use to me. The wheat fields have nothing to say to me. And that is sad. But you have hair that is the color of gold. Think how wonderful that will be when you have tamed me! The grain, which is also golden, will bring me back the thought of you. And I shall love to listen to the wind in the wheat..."

The fox gazed at the little prince, for a long time.

"Please—tame me!" he said.

"I want to, very much," the little prince replied. "But I have not much time. I have friends to discover, and a great many things to understand."

"One only understands the things that one tames," said the fox. "Men have no more time to understand anything. They buy things all ready made at the shops. But there is no shop anywhere where one can buy friendship, and so men have no friends any more. If you want a friend, tame me..."

"What must I do, to tame you?" asked the little prince.

"You must be very patient," replied the fox. "First you will sit down at a little distance from me—like that—in the grass. I shall look at you out of the corner of my eye, and you will say nothing. Words are the source of misunderstandings. But you will sit a little closer to me, every day..."

The next day the little prince came back.

"It would have been better to come back at the same hour," said the fox. "If, for example, you come at four o'clock in the afternoon, then at three o'clock I shall begin to be happy. I shall feel happier and happier as the hour advances. At four o'clock, I shall already be worrying and jumping about. I shall show you how happy I am! But if you come at just any time, I shall never know at what hour my heart is to be ready to greet you... One must observe the proper rites..."

"What is a rite?" asked the little prince.

"Those also are actions too often neglected," said the fox. "They are what make one day different from other days, one hour from other hours. There is a rite, for example, among my hunters. Every Thursday they dance with the village girls. So Thursday is a wonderful day for me! I can take a walk as far as the vineyards. But if the hunters danced at just any time, every day would be like every other day, and I should never have any vacation at all."

"If you come at four o'clock in the afternoon, then
by three o'clock I shall begin to be happy."

So the little prince tamed the fox. And when the hour of his departure drew near...

"Ah," said the fox, "I shall cry."

"It is your own fault," said the little prince. "I never wished you any sort of harm; but you wanted me to tame you..."

"Yes, that is so," said the fox.

"But now you are going to cry!" said the little prince.

"Yes, that is so," said the fox.

"Then it has done you no good at all!"

"It has done me good," said the fox, "because of the color of the wheat fields."

And then he added:

"Go and look again at the roses. You will understand now that yours is unique in all the world. Then come back to say goodbye to me, and I will make you a present of a secret."

The little prince went away, to look again at the roses.

"You are not at all like my rose," he said. "As yet you are nothing. No one has tamed you, and you have tamed no one. You are like my fox when I first knew him. He was only a fox like a hundred thousand other foxes. But I have made him my friend, and now he is unique in all the world."

And the roses were very much embarrassed.

"You are beautiful, but you are empty," he went on. "One could not die for you. To be sure, an ordinary passer by would think that my rose looked just like you—the rose that belongs to me. But in herself alone she is more important than all the hundreds of you other roses: because it is she that I have watered; because it is she that I have put under the glass globe; because it is she that I have sheltered behind the screen; because it is for her that I have killed the caterpillars (except the two or three that we saved to become butterflies); because it is she that I have listened to, when she grumbled, or boasted, or even sometimes when she said nothing. Because she is my rose."

And he went back to meet the fox.

"Goodbye," he said.

"Goodbye," said the fox. "And now here is my secret, a very simple secret: It is only with the heart that one can see rightly; what is essential is invisible to the eye."

"What is essential is invisible to the eye," the little prince repeated, so that he would be sure to remember.

"It is the time you have wasted for your rose that makes your rose so important."

"It is the time I have wasted for my rose..." said the little prince, so that he would be sure to remember.

"Men have forgotten this truth," said the fox. "But you must not forget it. You become responsible, forever, for what you have tamed. You are responsible for your rose..."

"I am responsible for my rose," the little prince repeated, so that he would be sure to remember.

XXII

"Good morning," said the little prince.

"Good morning," said the railway switchman.

"What do you do here?" the little prince asked.

"I sort out travelers, in bundles of a thousand," said the switchman. "I send off the trains that carry them; now to the right, now to the left."

And a brilliantly lighted express train shook the switchman's cabin as it rushed by with a roar like thunder.

"They are in a great hurry," said the little prince. "What are they looking for?"

"Not even the locomotive engineer knows that," said the switchman.

And a second brilliantly lighted express thundered by, in the opposite direction.

"Are they coming back already?" demanded the little prince.

"These are not the same ones," said the switchman. "It is an exchange."

"Were they not satisfied where they were?" asked the little prince.

"No one is ever satisfied where he is," said the switchman.

And they heard the roaring thunder of a third brilliantly lighted express.

"Are they pursuing the first travelers?" demanded the little prince.

"They are pursuing nothing at all," said the switchman. "They are asleep in there, or if they are not asleep they are yawning. Only the children are flattening their noses against the windowpanes."

"Only the children know what they are looking for," said the little prince. "They waste their time over a rag doll and it becomes very important to them; and if anybody takes it away from them, they cry..."

"They are lucky," the switchman said.

XXIII

"Good morning," said the little prince.

"Good morning," said the merchant.

This was a merchant who sold pills that had been invented to quench thirst. You need only swallow one pill a week, and you would feel no need of anything to drink.

"Why are you selling those?" asked the little prince.

"Because they save a tremendous amount of time," said the merchant. "Computations have been made by experts. With these pills, you save fifty-three minutes in every week."

"And what do I do with those fifty-three minutes?"

"Anything you like..."

"As for me," said the little prince to himself, "if I had fifty-three minutes to spend as I liked, I should walk at my leisure toward a spring of fresh water."

XXIV

It was now the eighth day since I had had my accident in the desert, and I had listened to the story of the merchant as I was drinking the last drop of my water supply.

"Ah," I said to the little prince, "these memories of yours are very charming; but I have not yet succeeded in repairing my plane; I have nothing more to drink; and I, too, should be very happy if I could walk at my leisure toward a spring of fresh water!"

"My friend the fox..." the little prince said to me.

"My dear little man, this is no longer a matter that has anything to do with the fox!"

"Why not?"

"Because I am about to die of thirst..."

He did not follow my reasoning, and he answered me:

"It is a good thing to have had a friend, even if one is about to die. I, for instance, am very glad to have had a fox as a friend..."

"He has no way of guessing the danger," I said to myself. "He has never been either hungry or thirsty. A little sunshine is all he needs..."

But he looked at me steadily, and replied to my thought:

"I am thirsty, too. Let us look for a well..."

I made a gesture of weariness. It is absurd to look for a well, at random, in the immensity of the desert. But nevertheless we started walking.

When we had trudged along for several hours, in silence, the darkness fell, and the stars began to come out. Thirst had made me a little feverish, and I looked at them as if I were in a dream. The little prince's last words came reeling back into my memory:

"Then you are thirsty, too?" I demanded.

But he did not reply to my question. He merely said to me:

"Water may also be good for the heart..."

I did not understand this answer, but I said nothing. I knew very well that it was impossible to cross-examine him.

He was tired. He sat down. I sat down beside him. And, after a little silence, he spoke again:

"The stars are beautiful, because of a flower that cannot be seen."

I replied, "Yes, that is so." And, without saying anything more, I looked across the ridges of sand that were stretched out before us in the moonlight.

"The desert is beautiful," the little prince added.

And that was true. I have always loved the desert. One sits down on a desert sand dune, sees nothing, hears nothing. Yet through the silence something throbs, and gleams...

"What makes the desert beautiful," said the little prince, "is that somewhere it hides a well..."

I was astonished by a sudden understanding of that mysterious radiation of the sands. When I was a little boy I lived in an old house, and legend told us that a treasure was buried there. To be sure, no one had ever known how to find it; perhaps no one had ever even looked for it. But it cast an enchantment over that house. My home was hiding a secret in the depths of its heart...

"Yes," I said to the little prince. "The house, the stars, the desert — what gives them their beauty is something that is invisible!"

"I am glad," he said, "that you agree with my fox."

As the little prince dropped off to sleep, I took him in my arms and set out walking once more. I felt deeply moved, and stirred. It seemed to me that I was carrying a very fragile treasure. It seemed to me, even, that there was nothing more fragile on all Earth. In the moonlight I looked at his pale forehead, his closed eyes, his locks of hair that trembled in the wind, and I said to myself: "What I see here is nothing but a shell. What is most important is invisible..."

As his lips opened slightly with the suspicious of a half-smile, I said to myself, again: "What moves me so deeply, about this little prince who is sleeping here, is his loyalty to a flower — the image of a rose that shines through his whole being like the flame of a lamp, even when he is asleep..." And I felt him to be more fragile still. I felt the need of protecting him, as if he himself were a flame that might be extinguished by a little puff of wind...

And, as I walked on so, I found the well, at daybreak.

XXV

"Men," said the little prince, "set out on their way in express trains, but they do not know what they are looking for. Then they rush about, and get excited, and turn round and round..."

And he added:

"It is not worth the trouble..."

The well that we had come to was not like the wells of the Sahara. The wells of the Sahara are mere holes dug in the sand. This one was like a well in a village. But there was no village here, and I thought I must be dreaming...

"It is strange," I said to the little prince. "Everything is ready for use: the pulley, the bucket, the rope..."

He laughed, touched the rope, and set the pulley to working. And the pulley moaned, like an old weathervane, which the wind has long since forgotten.

"Do you hear?" said the little prince. "We have wakened the well, and it is singing..."

I did not want him to tire himself with the rope.

"Leave it to me," I said. "It is too heavy for you."

I hoisted the bucket slowly to the edge of the well and set it there—happy, tired as I was, over my achievement. The song of the pulley was still in my ears, and I could see the sunlight shimmer in the still trembling water.

"I am thirsty for this water," said the little prince. "Give me some of it to drink..."

"He laughed, touched the rope, and set the pulley to working."

And I understood what he had been looking for.

I raised the bucket to his lips. He drank, his eyes closed. It was as sweet as some special festival treat. This water was indeed a different thing from ordinary nourishment. Its sweetness was born of the walk under the stars, the song of the pulley, the effort of my arms. It was good for the heart, like a present. When I was a little boy, the lights of the Christmas tree, the music of the Midnight Mass, the tenderness of smiling faces, used to make up, so, the radiance of the gifts I received.

"The men where you live," said the little prince, "raise five thousand roses in the same garden—and they do not find in it what they are looking for."

"They do not find it," I replied.

"And yet what they are looking for could be found in one single rose, or in a little water."

"Yes, that is true," I said.

And the little prince added:

"But the eyes are blind. One must look with the heart..."

I had drunk the water. I breathed easily. At sunrise the sand is the color of honey. And that honey color was making me happy, too. What brought me, then, this sense of grief?

"You must keep your promise," said the little prince, softly, as he sat down beside me once more.

"What promise?"

"You know—a muzzle for my sheep... I am responsible for this flower..."

I took my rough drafts of drawings out of my pocket. The little prince looked them over, and laughed as he said:

"Your baobabs—they look a little like cabbages."

"Oh!"

I had been so proud of my baobabs!

"Your fox—his ears look a little like horns; and they are too long."

And he laughed again.

"You are not fair, little prince," I said. "I don't know how to draw anything except boa constrictors from the outside and boa constrictors from the inside."

"Oh, that will be all right," he said, "children understand."

So then I made a pencil sketch of a muzzle. And as I gave it to him my heart was torn.

"You have plans that I do not know about," I said.

But he did not answer me. He said to me, instead:

"You know—my descent to the earth... Tomorrow will be its anniversary."

Then, after a silence, he went on:

"I came down very near here."

And he flushed.

And once again, without understanding why, I had a queer sense of sorrow. One question, however, occurred to me:

"Then it was not by chance that on the morning when I first met you—a week ago—you were strolling along like that, all alone, a thousand miles from any inhabited region? You were on the your way back to the place where you landed?"

The little prince flushed again.

And I added, with some hesitancy:

"Perhaps it was because of the anniversary?"

The little prince flushed once more. He never answered questions—but when one flushes does that not mean "Yes"?

"Ah," I said to him, "I am a little frightened..."

But he interrupted me.

"Now you must work. You must return to your engine. I will be waiting for you here. Come back tomorrow evening..."

But I was not reassured. I remembered the fox. One runs the risk of weeping a little, if one lets himself be tamed...

XXVI

Beside the well there was the ruin of an old stone wall. When I came back from my work, the next evening, I saw from some distance away my little prince sitting on top of a wall, with his feet dangling. And I heard him say:

"Then you don't remember. This is not the exact spot."

Another voice must have answered him, for he replied to it:

"Yes, yes! It is the right day, but this is not the place."

I continued my walk toward the wall. At no time did I see or hear anyone. The little prince, however, replied once again:

"...Exactly. You will see where my track begins, in the sand. You have nothing to do but wait for me there. I shall be there tonight."

I was only twenty meters from the wall, and I still saw nothing.

After a silence the little prince spoke again:

"You have good poison? You are sure that it will not make me suffer too long?"

I stopped in my tracks, my heart torn asunder; but still I did not understand.

"Now go away," said the little prince. "I want to get down from the wall."

I dropped my eyes, then, to the foot of the wall... and I leaped into the air. There before me, facing the little prince, was one of those yellow snakes that take just thirty seconds to bring your life to an end. Even as I was digging into my pocked to get out my revolver I made a running step back. But, at the noise I made, the snake let himself flow easily across the sand like the dying spray of a fountain, and, in no apparent hurry, disappeared, with a light metallic sound, among the stones.

I reached the wall just in time to catch my little man in my arms; his face was white as snow.

"What does this mean?" I demanded. "Why are you talking with snakes?"

I had loosened the golden muffler that he always wore. I had moistened his temples, and had given him some water to drink. And now I did not dare ask him any more questions. He looked at me very gravely, and put his arms around my neck. I felt his heart beating like the heart of a dying bird, shot with someone's rifle...

"I am glad that you have found what was the matter with your engine," he said. "Now you can go back home"

"How do you know about that?"

I was just coming to tell him that my work had been successful, beyond anything that I had dared to hope.

He made no answer to my question, but he added:

"I, too, am going back home today..."

"Now go away…I want to get down from the wall."

Then, sadly—

"It is much farther... It is much more difficult..."

I realized clearly that something extraordinary was happening. I was holding him close in my arms as if he were a little child; and yet it seemed to me that he was rushing headlong toward an abyss from which I could do nothing to restrain him...

His look was very serious, like some one lost far away.

"I have your sheep. And I have the sheep's box. And I have the muzzle..."

And he gave me a sad smile.

I waited a long time. I could see that he was reviving little by little.

"Dear little man," I said to him, "you are afraid..."

He was afraid, there was no doubt about that. But he laughed lightly.

"I shall be much more afraid this evening..."

Once again I felt myself frozen by the sense of something irreparable. And I knew that I could not bear the thought of never hearing that laughter any more. For me, it was like a spring of fresh water in the desert.

"Little man," I said, "I want to hear you laugh again."

But he said to me:

"Tonight, it will be a year... my star, then, can be found right above the place where I came to the Earth, a year ago..."

"Little man," I said, "tell me that it is only a bad dream, this affair of the snake, and the meeting-place, and the star..."

But he did not answer my plea. He said to me, instead:

"The thing that is important is the thing that is not seen..."

"Yes, I know..."

"It is just as it is with the flower. If you love a flower that lives on a star, it is sweet to look at the sky at night. All the stars are a-bloom with flowers..."

"Yes, I know..."

"It is just as it is with the water. Because of the pulley, and the rope, what you gave me to drink was like music. You remember, how good it was."

"Yes, I know..."

"And at night you will look up at the stars. Where I live everything is so small that I cannot show you where my star is to be found. It is better, like that. My star will just be one of the stars, for you. And so you will love to watch all the stars in the heavens... they will all be your friends. And, besides, I am going to make you a present..."

He laughed again.

"Ah, little prince, dear little prince! I love to hear that laughter!"

"That is my present. Just that. It will be as it was when we drank the water..."

"What are you trying to say?"

"All men have the stars," he answered, "but they are not the same things for different people. For some, who are travelers, the stars are guides. For others they are no more than little lights in the sky. For others, who are scholars, they are problems. For my businessman they were wealth. But all these stars are silent. You—you alone—will have the stars as no one else has them..."

"What are you trying to say?"

"In one of the stars I shall be living. In one of them I shall be laughing. And so it will be as if all the stars were laughing, when you look at the sky at night... you—only you—will have stars that can laugh!"

And he laughed again.

"And when your sorrow is comforted (time soothes all sorrows) you will be content that you have known me. You will always be my friend. You will want to laugh with me. And you will sometimes open your window, so, for that pleasure... And your friends will be properly astonished to see you laughing as you look up at the sky! Then you will say to them, 'Yes, the stars always make me laugh!' And they will think you are crazy. It will be a very shabby trick that I shall have played on you..."

And he laughed again.

"It will be as if, in place of the stars, I had given you a great number of little bells that knew how to laugh..."

And he laughed again. Then he quickly became serious:

"Tonight—you know...do not come." said the little prince.

"I shall not leave you," I said.

"I shall look as if I were suffering. I shall look a little as if I were dying. It is like that. Do not come to see that. It is not worth the trouble..."

"I shall not leave you."

But he was worried.

"I tell you—it is also because of the snake. He must not bite you. Snakes—they are malicious creatures. This one might bite you just for fun..."

"I shall not leave you."

But a thought came to reassure him:

"It is true that they have no more poison for a second bite."

That night I did not see him set out on his way. He got away from me without making a sound. When I succeeded in catching up with him he was walking along with a quick and resolute step. He said to me merely:

"Ah! You are there..."

And he took me by the hand. But he was still worrying.

"It was wrong of you to come. You will suffer. I shall look as if I were dead; and that will not be true..."

I said nothing.

"You understand...it is too far. I cannot carry this body with me. It is too heavy."

I said nothing.

"But it will be like an old abandoned shell. There is nothing sad about old shells..."

I said nothing.

He was a little discouraged. But he made one more effort:

"You know, it will be very nice. I, too, shall look at the stars. All the stars will be wells with a rusty pulley. All the stars will pour out fresh water for me to drink..."

I said nothing.

"That will be so amusing! You will have five hundred million little bells, and I shall have five hundred million springs of fresh water..."

And he too said nothing more, because he was crying...

"Here it is. Let me go on by myself."

And he sat down, because he was afraid. Then he said, again:

"You know—my flower...I am responsible for her. And she is so weak! She is so naive! She has four thorns, of no use at all, to protect herself against all the world..."

I too sat down, because I was not able to stand up any longer.

"There now—that is all..."

He still hesitated a little; then he got up. He took one step. I could not move.

There was nothing but a flash of yellow close to his ankle. He remained motionless for an instant. He did not cry out. He fell as gently as a tree falls. There was not even any sound, because of the sand.

XXVII

And now six years have already gone by... I have never yet told this story. The companions who met me on my return were well content to see me alive. I was sad, but I told them: "I am tired."

Now my sorrow is comforted a little. That is to say — not entirely. But I know that he did go back to his planet, because I did not find his body at daybreak. It was not such a heavy body... and at night I love to listen to the stars. It is like five hundred million little bells...

But there is one extraordinary thing... when I drew the muzzle for the little prince, I forgot to add the leather strap to it. He will never have been able to fasten it on his sheep. So now I keep wondering: what is happening on his planet? Perhaps the sheep has eaten the flower...

At one time I say to myself: "Surely not! The little prince shuts his flower under her glass globe every night, and he watches over his sheep very carefully..." Then I am happy. And there is sweetness in the laughter of all the stars.

But at another time I say to myself: "At some moment or other one is absent-minded, and that is enough! On some one evening he forgot the glass globe, or the sheep got out, without making any noise, in the night..." And then the little bells are changed to tears...

"He fell as gently as a tree falls. There was not even any sound…"

Here, then, is a great mystery. For you who also love the little prince, and for me, nothing in the universe can be the same if somewhere, we do not know where, a sheep that we never saw has–yes or no? —eaten a rose...

Look up at the sky. Ask yourselves: is it yes or no? Has the sheep eaten the flower? And you will see how everything changes...

And no grown-up will ever understand that this is a matter of so much importance!

This is, to me, the loveliest and saddest landscape in the world. It is the same as that on the preceding page, but I have drawn it again to impress it on your memory. It is here that the little prince appeared on Earth, and disappeared.

Look at it carefully so that you will be sure to recognize it in case you travel some day to the African desert. And, if you should come upon this spot, please do not hurry on. Wait for a time, exactly under the star. Then, if a little man appears who laughs, who has golden hair and who refuses to answer questions, you will know who he is. If this should happen, please comfort me. Send me word that he has come back.

小王子

法文版

Je crois qu'il profita, pour son évasion, d'une migration d'oiseaux sauvages

Le Petit Prince

Avec dessins par l'auteur

Antoine de Saint-Exupéry

À LÉON WERTH

Je demande pardon aux enfants d'avoir dédié ce livre à une grande personne. J'ai une excuse sérieuse: cette grande personne est le meilleur ami que j'ai au monde. J'ai une autre excuse: cette grande personne peut tout comprendre, même les livres pour enfants. J'ai une troisième excuse: cette grande personne habite la France où elle a faim et froid. Elle a besoin d'être consolée. Si toutes ces excuses ne suffisent pas, je veux bien dédier ce livre à l'enfant qu'a été autrefois cette grande personne. Toutes les grandes personnes ont d'abord été des enfants. (Mais peu d'entre elles s'en souviennent.) Je corrige donc ma dédicace:

À LÉON WERTH
QUAND IL ÉTAIT PETIT GARÇON

I

Lorsque j'avais six ans j'ai vu, une fois, une magnifique image, dans un livre sur la Forêt Vierge qui s'appelait "Histoires Vécues". Ça représentait un serpent boa qui avalait un fauve. Voilà la copie du dessin.

On disait dans le livre: "Les serpents boas avalent leur proie tout entière, sans la mâcher. Ensuite ils ne peuvent plus bouger et ils dorment pendant les six mois de leur digestion".

J'ai alors beaucoup réfléchi sur les aventures de la jungle et, à mon tour, j'ai réussi, avec un crayon de couleur, à tracer mon premier dessin. Mon dessin numéro 1. Il était comme ça:

J'ai montré mon chef-d'œuvre aux grandes personnes et je leur ai demandé si mon dessin leur faisait peur.

Elles m'ont répondu: "Pourquoi un chapeau ferait-il peur?"

Mon dessin ne représentait pas un chapeau. Il représentait un serpent boa qui digérait un éléphant. J'ai alors dessiné l'intérieur du serpent boa, afin que les grandes personnes puissent comprendre. Elles ont toujours besoin d'explications. Mon dessin numéro 2 était comme ça:

Les grandes personnes m'ont conseillé de laisser de côté les dessins de serpents boas ouverts ou fermés, et de m'intéresser plutôt à la géographie, à l'histoire, au calcul et à la grammaire. C'est ainsi que j'ai abandonné, à l'âge de six ans, une magnifique carrière de peintre. J'avais été découragé par l'insuccès de mon dessin numéro 1 et de mon dessin numéro 2. Les grandes personnes ne comprennent jamais rien toutes seules, et c'est fatigant, pour les enfants, de toujours leur donner des explications.

J'ai donc dû choisir un autre métier et j'ai appris à piloter des avions. J'ai volé un peu partout dans le monde. Et la géographie, c'est exact, m'a beaucoup servi. Je savais reconnaître, du premier coup d'oeil, la Chine de l'Arizona. C'est très utile, si l'on est égaré pendant la nuit.

J'ai ainsi eu, au cours de ma vie, des tas de contacts avec des tas de gens sérieux. J'ai beaucoup vécu chez les grandes personnes. Je les ai vues de très près. Ça n'a pas trop amélioré mon opinion.

Quand j'en rencontrais une qui me paraissait un peu lucide, je faisais l'expérience sur elle de mon dessin n° 1 que j'ai toujours conservé. Je voulais savoir si elle était vraiment compréhensive. Mais toujours elle me répondait: "C'est un chapeau." Alors je ne lui parlais ni de serpents boas, ni de forêts vierges, ni d'étoiles. Je me mettais à sa portée. Je lui parlais de bridge, de golf, de politique et de cravates. Et la grande personne était bien contente de connaître un homme aussi raisonnable.

II

J'ai ainsi vécu seul, sans personne avec qui parler véritablement, jusqu'à une panne dans le désert du Sahara, il y a six ans. Quelque chose s'était cassé dans mon moteur. Et comme je n'avais avec moi ni mécanicien, ni passagers, je me préparai à essayer de réussir, tout seul, une réparation difficile. C'était pour moi une question de vie ou de mort. J'avais à peine de l'eau à boire pour huit jours.

Le premier soir je me suis donc endormi sur le sable à mille milles de toute terre habitée. J'étais bien plus isolé qu'un naufragé sur un radeau au milieu de l'océan. Alors vous imaginez ma surprise, au lever du jour, quand une drôle de petite voix m'a réveillé. Elle disait:

—S'il vous plaît...dessine-moi un mouton!

—Hein!

—Dessine-moi un mouton...

J'ai sauté sur mes pieds comme si j'avais été frappé par la foudre. J'ai bien frotté mes yeux. J'ai bien regardé. Et j'ai vu un petit bonhomme tout à fait extraordinaire qui me considérait gravement. Voilà le meilleur portrait que, plus tard, j'ai réussi à faire de lui. Mais mon dessin, bien sûr, est beaucoup moins ravissant que le modèle. Ce n'est pas ma faute. J'avais été découragé dans ma carrière de peintre par les grandes personnes, à l'âge de six ans, et je n'avais rien appris à dessiner, sauf les boas fermés et les boas ouverts.

Je regardai donc cette apparition avec des yeux tout ronds d'étonnement. N'oubliez pas que je me trouvais à mille milles de toute région habitée. Or mon petit bonhomme ne me semblait ni égaré, ni mort de fatigue, ni mort de faim, ni

*Voilà le meilleur portrait que, plus tard,
j'ai réussi à faire de lui.*

mort de soif, ni mort de peur. Il n'avait en rien l'apparence d'un enfant perdu au milieu du désert, à mille milles de toute région habitée. Quand je réussis enfin à parler, je lui dis:

—Mais...qu'est-ce que tu fais là?

Et il me répéta alors, tout doucement, comme une chose très sérieuse:

—S'il vous plaît...dessine-moi un mouton...

Quand le mystère est trop impressionnant, on n'ose pas désobéir. Aussi absurde que cela me semblât à mille milles de tous les endroits habités et en danger de mort, je sortis de ma poche une feuille de papier et un stylographe. Mais je me rappelai alors que j'avais surtout étudié la géographie, l'histoire, le calcul et la grammaire et je dis au petit bonhomme (avec un peu de mauvaise humeur) que je ne savais pas dessiner. Il me répondit:

—Ça ne fait rien. Dessine-moi un mouton.

Comme je n'avais jamais dessiné un mouton je refis, pour lui, l'un des deux seuls dessins dont j'étais capable. Celui du boa fermé. Et je fus stupéfait d'entendre le petit bonhomme me répondre:

—Non! Non! Je ne veux pas d'un éléphant dans un boa. Un boa c'est très dangereux, et un éléphant c'est très encombrant. Chez moi c'est tout petit. J'ai besoin d'un mouton. Dessine-moi un mouton.

Alors j'ai dessiné.

Il regarda attentivement, puis:

—Non! Celui-là est déjà très malade. Fais-en un autre.

Je dessinai:

Mon ami sourit gentiment, avec indulgence:

—Tu vois bien...ce n'est pas un mouton, c'est un bélier. Il a des cornes...

Je refis donc encore mon dessin:

Mais il fut refusé, comme les précédents:

—Celui-là est trop vieux. Je veux un mouton qui vive longtemps.

Alors, faute de patience, comme j'avais hâte de commencer le démontage de mon moteur, je griffonnai ce dessin-ci.

Et je lançai:

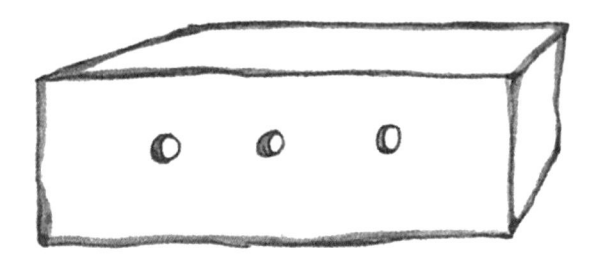

—Ça c'est la caisse. Le mouton que tu veux est dedans.

Mais je fus bien surpris de voir s'illuminer le visage de mon jeune juge:

—C'est tout à fait comme ça que je le voulais! Crois-tu qu'il faille beaucoup d'herbe à ce mouton?

—Pourquoi?

—Parce que chez moi c'est tout petit...

—Ça suffira sûrement. Je t'ai donné un tout petit mouton.

Il pencha la tête vers le dessin:

—Pas si petit que ça...Tiens! Il s'est endormi...

Et c'est ainsi que je fis la connaissance du petit prince.

III

Il me fallut longtemps pour comprendre d'où il venait. Le petit prince, qui me posait beaucoup de questions, ne semblait jamais entendre les miennes. Ce sont des mots prononcés par hasard qui, peu à peu, m'ont tout révélé. Ainsi, quand il aperçut pour la première fois mon avion (je ne dessinerai pas mon avion, c'est un dessin beaucoup trop compliqué pour moi) il me demanda:

—Qu'est-ce que c'est que cette chose-là?

—Ce n'est pas une chose. Ça vole. C'est un avion. C'est mon avion.

Et j'étais fier de lui apprendre que je volais. Alors il s'écria:

—Comment! tu es tombé du ciel!

—Oui, fis-je modestement.

—Ah! ça c'est drôle...

Et le petit prince eut un très joli éclat de rire qui m'irrita beaucoup. Je désire que l'on prenne mes malheurs au sérieux. Puis il ajouta:

—Alors, toi aussi tu viens du ciel! De quelle planète es-tu?

J'entrevis aussitôt une lueur, dans le mystère de sa présence, et j'interrogeai brusquement:

—Tu viens donc d'une autre planète?

Mais il ne me répondit pas. Il hochait la tête doucement tout en regardant mon avion:

—C'est vrai que, là-dessus, tu ne peux pas venir de bien loin...

Et il s'enfonça dans une rêverie qui dura longtemps. Puis, sortant mon mouton de sa poche, il se plongea dans la contemplation de son trésor.

Vous imaginez combien j'avais pu être intrigué par cette demi-confidence sur "les autres planètes". Je m'efforçai donc d'en savoir plus long:

—D'où viens-tu mon petit bonhomme? Où est-ce "chez toi"? Où veux-tu emporter mon mouton?

Il me répondit après un silence méditatif:

—Ce qui est bien, avec la caisse que tu m'as donnée, c'est que, la nuit, ça lui servira de maison.

—Bien sûr. Et si tu es gentil, je te donnerai aussi une corde pour l'attacher pendant le jour. Et un piquet.

La proposition parut choquer le petit prince:

—L'attacher? Quelle drôle d'idée!

—Mais si tu ne l'attaches pas, il ira n'importe où, et il se perdra.

Et mon ami eut un nouvel éclat de rire:

—Mais où veux-tu qu'il aille!

—N'importe où. Droit devant lui...

Alors le petit prince remarqua gravement:

—Ça ne fait rien, c'est tellement petit, chez moi!

Et, avec un peu de mélancolie, peut-être, il ajouta:

Droit devant soi on ne peut pas aller bien loin...

IV

J'avais ainsi appris une seconde chose très importante: C'est que sa planète d'origine était à peine plus grande qu'une maison!

Ça ne pouvait pas m'étonner beaucoup. Je savais bien qu'en dehors des grosses planètes comme la Terre, Jupiter, Mars, Vénus, auxquelles on a donné des noms, il y en a des centaines d'autres qui sont quelquefois si petites qu'on a beaucoup de mal à les apercevoir au télescope. Quand un astronome découvre l'une d'elles, il lui donne pour nom un numéro. Il l'appelle par exemple: "l'astéroïde 325."

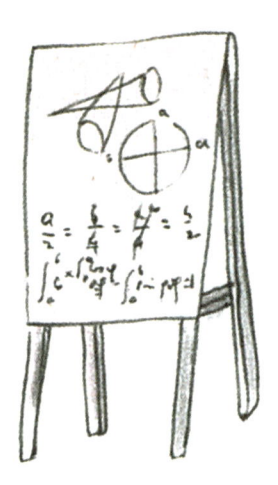

J'ai de sérieuses raisons de croire que la planète d'ou venait le petit prince est l'astéroïde B612. Cet astéroïde n'a été aperçu qu'une fois au télescope, en 1909, par un astronome turc.

Il avait fait alors une grande démonstration de sa découverte à un Congrès International d'Astronomie. Mais personne ne l'avait cru à cause de son costume. Les grandes personnes sont comme ça.

Heureusement pour la réputation de l'astéroïde B612 un dictateur turc imposa à son peuple, sous peine de mort, de s'habiller à l'Européenne. L'astronome refit sa démonstration en 1920, dans un habit très élégant. Et cette fois-ci tout le monde fut de son avis.

Si je vous ai raconté ces détails sur l'astéroïde B612 et si je vous ai confié son numéro, c'est à cause des grandes personnes. Les grandes personnes aiment les chiffres. Quand vous leur parlez d'un nouvel ami, elles ne vous questionnent jamais sur l'essentiel. Elles ne vous disent jamais: "Quel est le son de sa voix? Quels sont les jeux qu'il préfère? Est-ce qu'il collectionne les papillons?" Elles vous demandent: "Quel âge a-t-il? Combien a-t-il de frères? Combien pèse-t-il? Combien gagne son père?" Alors seulement elles croient le connaître.

Si vous dites aux grandes personnes: "J'ai vu une belle maison en briques roses, avec des géraniums aux fenêtres et des colombes sur le toit..." elles ne parviennent pas à s'imaginer cette maison. Il faut leur dire: "J'ai vu une maison de cent mille francs." Alors elles s'écrient: "Comme c'est joli!"

Ainsi, si vous leur dites: "La preuve que le petit prince a existé c'est qu'il était ravissant, qu'il riait, et qu'il voulait un mouton. Quand on veut un mouton, c'est la preuve qu'on existe" elles hausseront les épaules et vous traiteront d'enfant! Mais si vous leur dites: "La planète d'où il venait est l'astéroïde B612" alors elles seront convaincues, et elles vous laisseront tranquille avec leurs questions. Elles sont comme ça. Il ne faut pas leur en vouloir. Les enfants doivent être très indulgents envers les grandes personnes.

Mais, bien sûr, nous qui comprenons la vie, nous nous moquons bien des numéros! J'aurais aimé commencer cette histoire à la façon des contes de fées. J'aurais aimé dire:

"Il était une fois un petit prince qui habitait une planète à peine plus grande que lui, et qui avait besoin d'un ami..." Pour ceux qui comprennent la vie, ça aurait eu l'air beaucoup plus vrai.

Car je n'aime pas qu'on lise mon livre à la légère. J'éprouve tant de chagrin à raconter ces souvenirs. Il y a six ans déjà que mon ami s'en est allé avec son mouton. Si j'essaie ici de le décrire, c'est afin de ne pas l'oublier. C'est triste d'oublier un ami. Tout le monde n'a pas eu un ami. Et je puis devenir comme les grandes personnes qui ne s'intéressent plus qu'aux chiffres. C'est donc pour ça encore que j'ai acheté une boîte de couleurs et des crayons. C'est dur de se remettre au dessin, à mon âge, quand on n'a jamais fait d'autres tentatives que celle d'un boa fermé et celle d'un boa ouvert, à l'âge de six ans! J'essaierai, bien sûr, de faire des portraits le plus ressemblants possible. Mais je ne suis pas tout à fait certain de réussir. Un dessin va, et l'autre ne ressemble plus. Je me trompe un peu aussi sur la taille. Ici le petit prince est trop grand. Là il est trop petit. J'hésite aussi sur la couleur de son costume. Alors je tâtonne comme ci et comme ça, tant bien que mal. Je me tromperai enfin sur certains détails plus importants. Mais ça, il faudra me le pardonner. Mon ami ne donnait jamais d'explications. Il me croyait peut-être semblable à lui. Mais moi, malheureusement, je ne sais pas voir les moutons à travers les caisses. Je suis peut-être un peu comme les grandes personnes. J'ai dû vieillir.

Le petit prince sur l'astéroïde B 612.

V

Chaque jour j'apprenais quelque chose sur la planète, sur le départ, sur le voyage. Ça venait tout doucement, au hasard des réflexions. C'est ainsi que, le troisième jour, je connus le drame des baobabs.

Cette fois-ci encore ce fut grâce au mouton, car brusquement le petit prince m'interrogea, comme pris d'un doute grave:

—C'est bien vrai, n'est-ce pas, que les moutons mangent les arbustes?

—Oui. C'est vrai.

—Ah! Je suis content.

Je ne compris pas pourquoi il était si important que les moutons mangeassent les arbustes. Mais le petit prince ajouta:

—Par conséquent ils mangent aussi les baobabs?

Je fis remarquer au petit prince que les baobabs ne sont pas des arbustes, mais des arbres grand comme des églises et que, si même il emportait avec lui tout un troupeau d'éléphants, ce troupeau ne viendrait pas à bout d'un seul baobab.

L'idée du troupeau d'éléphants fit rire le petit prince:

—Il faudrait les mettre les uns sur les autres...

Mais il remarqua avec sagesse:

—Les baobabs, avant de grandir, ça commence par être petit.

—C'est exact! Mais pourquoi veux-tu que tes moutons mangent les petits baobabs?

Il me répondit: "Ben! Voyons!" comme s'il s'agissait là d'une évidence. Et il me fallut un grand effort d'intelligence pour comprendre à moi seul ce problème.

Et en effet, sur la planète du petit prince, il y avait comme sur toutes les planètes, de bonnes herbes et de mauvaises herbes. Par conséquent de bonnes graines de bonnes herbes et de mauvaises graines de mauvaises herbes. Mais les graines sont invisibles. Elles dorment dans le secret de la terre jusqu'à ce qu'il prenne fantaisie à l'une d'elles de se réveiller. Alors elle s'étire, et pousse d'abord timidement vers le soleil une ravissante petite brindille inoffensive. S'il s'agit d'une brindille de radis ou de rosier, on peut la laisser pousser comme elle veut. Mais s'il s'agit d'une mauvaise plante, il faut arracher la plante aussitôt, dès qu'on a su la reconnaître. Or il y avait des

graines terribles sur la planète du petit prince...c'étaient les graines de baobabs. Le sol de la planète en était infesté. Or un baobab, si l'on s'y prend trop tard, on ne peut jamais plus s'en débarrasser. Il encombre toute la planète. Il la perfore de ses racines.Et si la planète est trop petite, et si les baobabs sont trop nombreux, ils la font éclater.

"C'est une question de discipline, me disait plus tard le petit prince. Quand on a terminé sa toilette du matin, il faut faire soigneusement la toilette de la planète. Il faut s'astreindre régulièrement à arracher les baobabs dès qu'on les distingue d'avec les rosiers auxquels ils ressemblent beaucoup quand ils sont très jeunes. C'est un travail très ennuyeux, mais très facile."

Et un jour il me conseilla de m'appliquer à réussir un beau dessin, pour bien faire entrer ça dans la tête des enfants de chez moi. "S'ils voyagent un jour, me disait-il, ça pourra leur servir. Il est quelquefois sans inconvénient de remettre à plus tard son travail. Mais, s'il s'agit des baobabs, c'est toujours une catastrophe. J'ai connu une planète, habitée par un paresseux. Il avait négligé trois arbustes..."

Et, sur les indications du petit prince, j'ai dessiné cette planète-là. Je n'aime guère prendre le ton d'un moraliste. Mais le danger des baobabs est si peu connu, et les risques courus par celui qui s'égarerait dans un astéroïde sont si considérables, que, pour une fois, je fais exception à ma réserve. Je dis:

Les Baobabs.

"Enfants! Faites attention aux baobabs!" C'est pour avertir mes amis d'un danger qu'ils frôlaient depuis longtemps, comme moi-même, sans le connaître, que j'ai tant travaillé ce dessin-là. La leçon que je donnais en valait la peine. Vous vous demanderez peut-être: Pourquoi n'y a-t-il pas, dans ce livre, d'autres dessins aussi grandioses que le dessin des baobabs? La réponse est bien simple: J'ai essayé mais je n'ai pas pu réussir. Quand j'ai dessiné les baobabs j'ai été animé par le sentiment de l'urgence.

VI

Ah! petit prince, j'ai compris, peu à peu, ainsi, ta petite vie mélancolique. Tu n'avais eu longtemps pour distraction que la douceur des couchers de soleil. J'ai appris ce détail nouveau, le quatrième jour au matin, quand tu m'as dit:

—J'aime bien les couchers de soleil. Allons voir un coucher de soleil...

—Mais il faut attendre...

—Attendre quoi?

—Attendre que le soleil se couche.

Tu as eu l'air très surpris d'abord, et puis tu as ri de toi-même. Et tu m'as dit:

—Je me crois toujours chez moi!

En effet. Quand il est midi aux États-Unis, le soleil, tout le monde le sait, se couche sur la France. Il suffirait de pouvoir aller en France en une minute pour assister au coucher de soleil. Malheureusement la France est bien trop éloignée. Mais, sur ta si petite planète, il te suffisait de tirer ta chaise de quelques pas. Et tu regardais le crépuscule chaque fois que tu le désirais...

—Un jour, j'ai vu le soleil se coucher quarante-quatre fois!
Et un peu plus tard tu ajoutais:
—Tu sais...quand on est tellement triste on aime les couchers de soleil...
—Le jour des quarante-quatre fois tu étais donc tellement triste?
Mais le petit prince ne répondit pas.

VII

Le cinquième jour, toujours grâce au mouton, ce secret de la vie du petit prince me fut révélé. Il me demanda avec brusquerie, sans préambule, comme le fruit d'un problème longtemps médité en silence:
—Un mouton, s'il mange les arbustes, il mange aussi les fleurs?
—Un mouton mange tout ce qu'il rencontre.
—Même les fleurs qui ont des épines?
—Oui. Même les fleurs qui ont des épines.

—Alors les épines, à quoi servent-elles?

Je ne le savais pas. J'étais alors très occupé à essayer de dévisser un boulon trop serré de mon moteur. J'étais très soucieux car ma panne commençait de m'apparaître comme très grave, et l'eau à boire qui s'épuisait me faisait craindre le pire.

—Les épines, à quoi servent-elles?

Le petit prince ne renonçait jamais à une question, une fois qu'il l'avait posée. J'étais irrité par mon boulon et je répondis n'importe quoi:

—Les épines, ça ne sert à rien, c'est de la pure méchanceté de la part des fleurs!

—Oh!

Mais après un silence il me lança, avec une sorte de rancune:

—Je ne te crois pas! Les fleurs sont faibles. Elles sont naïves. Elles se rassurent comme elles peuvent. Elles se croient terribles avec leurs épines...

Je ne répondis rien. A cet instant-là je me disais: "Si ce boulon résiste encore, je le ferai sauter d'un coup de marteau." Le petit prince dérangea de nouveau mes réflexions:

—Et tu crois, toi, que les fleurs...

—Mais non! Mais non! Je ne crois rien! J'ai répondu n'importe quoi. Je m'occupe, moi, de choses sérieuses!

Il me regarda stupéfiait.

—De choses sérieuses!

Il me voyait, mon marteau à la main, et les doigts noirs de cambouis, penché sur un objet qui lui semblait très laid.

—Tu parles comme les grandes personnes!

Ça me fit un peu honte. Mais, impitoyable, il ajouta:

—Tu confonds tout...tu mélanges tout!

Il était vraiment très irrité. Il secouait au vent des cheveux tout dorés:

—Je connais une planète où il y a un Monsieur cramoisi. Il n'a jamais respiré une fleur. Il n'a jamais regardé une étoile. Il n'a jamais aimé personne. Il n'a jamais rien fait d'autre que des additions. Et toute la journée il répète comme toi: "Je suis un homme sérieux! Je suis un homme sérieux!" et ça le fait gonfler d'orgueil. Mais ce n'est pas un homme, c'est un champignon!

—Un quoi?

—Un champignon!

Le petit prince était maintenant tout pâle de colère.

—Il y a des millions d'années que les fleurs fabriquent des épines. Il y a des millions d'années que les moutons mangent quand même les fleurs. Et ce n'est pas sérieux de chercher à comprendre pourquoi elles se donnent tant de mal pour se fabriquer des épines qui ne servent jamais à rien? Ce n'est pas important la guerre des moutons et des fleurs? Ce n'est pas plus sérieux et plus important que les additions d'un gros Monsieur rouge? Et si je connais, moi, une fleur unique au monde, qui n'existe nulle part, sauf dans ma planète, et qu'un petit mouton peut anéantir d'un seul coup, comme ça, un matin, sans se rendre compte de ce qu'il fait, ce n'est pas important ça!

Il rougit, puis reprit:

—Si quelqu'un aime une fleur qui n'existe qu'à un exemplaire dans les millions et les millions d'étoiles, ça suffit pour qu'il soit heureux quand il les regarde. Il se dit: "Ma fleur est là quelque part..." Mais si le mouton mange la fleur, c'est pour lui comme si, brusquement, toutes les étoiles s'éteignaient! Et ce n'est pas important ça!

Il ne put rien dire de plus. Il éclata brusquement en sanglots. La nuit était tombée. J'avais lâché mes outils. Je me moquais bien de mon marteau, de mon boulon, de la soif et de la mort. Il y avait, sur une étoile, une planète, la mienne, la Terre, un petit prince à consoler! Je le pris dans les bras. Je le berçai. Je lui disais: "La fleur que tu aimes n'est pas en danger...Je lui dessinerai une muselière, à ton mouton...Je te dessinerai une armure pour ta fleur...Je..." Je ne savais pas trop quoi dire. Je me sentais très maladroit. Je ne savais comment l'atteindre, où le rejoindre...C'est tellement mystérieux, le pays des larmes.

VIII

J'appris bien vite à mieux connaître cette fleur. Il y avait toujours eu, sur la planète du petit prince, des fleurs très simples, ornées d'un seul rang de pétales, et qui ne tenaient point de place, et qui ne dérangeaient personne. Elles apparaissaient un matin dans l'herbe, et puis elles s'éteignaient le soir. Mais celle-là avait germé un jour, d'une graine apportée d'on ne sait où, et le petit prince avait surveillé de très près cette brindille qui ne ressemblait pas aux autres brindilles. Ça pouvait être un nouveau genre de baobab. Mais l'arbuste cessa vite de croître, et commença de préparer une fleur. Le petit prince, qui assistait à l'installation d'un bouton

énorme, sentait bien qu'il en sortirait une apparition miraculeuse, mais la fleur n'en finissait pas de se préparer à être belle, à l'abri de sa chambre verte. Elle choisissait avec soin ses couleurs. Elle s'habillait lentement, elle ajustait un à un ses pétales. Elle ne voulait pas sortir toute fripée comme les coquelicots. Elle ne voulait apparaître que dans le plein rayonnement de sa beauté. Eh! oui. Elle était très coquette! Sa toilette mystérieuse avait donc duré des jours et des jours. Et puis voici qu'un matin, justement à l'heure du lever du soleil, elle s'était montrée.

Et elle, qui avait travaillé avec tant de précision, dit en bâillant:

—Ah! Je me réveille à peine...Je vous demande pardon...Je suis encore toute décoiffée...

Le petit prince, alors, ne put contenir son admiration:

—Que vous êtes belle!

—N'est-ce pas, répondit doucement la fleur. Et je suis née en même temps que le soleil...

Le petit prince devina bien qu'elle n'était pas trop modeste, mais elle était si émouvante!

—C'est l'heure, je crois, du petit déjeuner, avait-elle bientôt ajouté, auriez-vous la bonté de penser à moi...

Et le petit prince, tout confus, ayant été chercher un arrosoir d'eau fraîche, avait servi la fleur.

Ainsi l'avait-elle bien vite tourmenté par sa vanité un peu ombrageuse. Un jour, par exemple, parlant de ses quatre épines, elle avait dit au petit prince:
—Ils peuvent venir, les tigres, avec leurs griffes!

—Il n'y a pas de tigres sur ma planète, avait objecté le petit prince, et puis les tigres ne mangent pas l'herbe.

—Je ne suis pas une herbe, avait doucement répondu la fleur.

—Pardonnez-moi...

—Je ne crains rien des tigres, mais j'ai horreur des courants d'air. Vous n'auriez pas un paravent?

"Horreur des courants d'air...ce n'est pas de chance, pour une plante, avait remarqué le petit prince. Cette fleur est bien compliquée..."

—Le soir vous me mettrez sous globe. Il fait très froid chez vous. C'est mal installé. Là d'où je viens...

Mais elle s'était interrompue. Elle était venue sous forme de graine. Elle n'avait rien pu connaître des autres mondes. Humiliée de s'être laissé surprendre à préparer un mensonge aussi naïf, elle avait toussé deux ou trois fois, pour mettre le petit prince dans son tort:

—Ce paravent?...

—J'allais le chercher mais vous me parliez!

Alors elle avait forcé sa toux pour lui infliger quand même des remords.

Ainsi le petit prince, malgré la bonne volonté de son amour, avait vite douté d'elle. Il avait pris au sérieux des mots sans importance, et était devenu très malheureux.

"J'aurais dû ne pas l'écouter, me confia-t-il un jour, il ne faut jamais écouter les fleurs. Il faut les regarder et les respirer. La mienne embaumait ma planète, mais je ne savais pas m'en réjouir. Cette histoire de griffes, qui m'avait tellement agacé, eût dû m'attendrir..."

Il me confia encore:

"Je n'ai alors rien su comprendre! J'aurais dû la juger sur les actes et non sur les mots. Elle m'embaumait et m'éclairait. Je n'aurais jamais dû m'enfuir! J'aurais dû deviner sa tendresse derrière ses pauvres ruses. Les fleurs sont si contradictoires! Mais j'étais trop jeune pour savoir l'aimer."

IX

Je crois qu'il profita, pour son évasion, d'une migration d'oiseaux sauvages. Au matin du départ il mit sa planète bien en ordre. Il ramona soigneusement ses volcans en activité. Il possédait deux volcans en activité. Et c'était bien commode pour faire chauffer le petit déjeuner du matin. Il possédait aussi un volcan éteint. Mais, comme il disait, "On ne sait jamais!" Il ramona donc également le volcan éteint. S'ils sont bien ramonés, les volcans brûlent doucement et régulièrement, sans éruptions. Les éruptions volcaniques sont comme des feux de cheminée. Evidemment sur notre terre nous sommes beaucoup trop petits pour ramoner nos volcans. C'est pourquoi ils nous causent tant d'ennuis.

    Le petit prince arracha aussi, avec un peu de mélancolie, les dernières pousses de baobabs. Il croyait ne jamais devoir revenir. Mais tous ces travaux familiers lui parurent, ce matin-là, extrêmement doux. Et, quand il arrosa une dernière fois la fleur, et se prépara à la mettre à l'abri sous son globe, il se découvrit l'envie de pleurer.

    —Adieu, dit-il à la fleur.

    Mais elle ne lui répondit pas.

Il ramona soigneusement ses volcans en activité.

—Adieu, répéta-t-il.

La fleur toussa. Mais ce n'était pas à cause de son rhume.

—J'ai été sotte, lui dit-elle enfin. Je te demande pardon. Tâche d'être heureux.

Il fut surpris par l'absence de reproches. Il restait là tout déconcerté, le globe en l'air. Il ne comprenait pas cette douceur calme.

—Mais oui, je t'aime, lui dit la fleur. Tu n'en as rien su, par ma faute. Cela n'a aucune importance. Mais tu as été aussi sot que moi. Tâche d'être heureux...Laisse ce globe tranquille. Je n'en veux plus.

—Mais le vent...

—Je ne suis pas si enrhumée que ça...L'air frais de la nuit me fera du bien. Je suis une fleur.

—Mais les bêtes...

—Il faut bien que je supporte deux ou trois chenilles si je veux connaître les papillons. Il paraît que c'est tellement beau. Sinon qui me rendra visite? Tu seras loin, toi. Quant aux grosses bêtes, je ne crains rien. J'ai mes griffes.

Et elle montrait naïvement ses quatre épines. Puis elle ajouta:

—Ne traîne pas comme ça, c'est agaçant. Tu as décidé de partir. Va-t'en.

Car elle ne voulait pas qu'il la vît pleurer. C'était une fleur tellement orgueilleuse...

X

Il se trouvait dans la région des astéroïdes 325, 326, 327, 328, 329 et 330. Il commença donc par les visiter pour y chercher une occupation et pour s'instruire.

La première était habitée par un roi. Le roi siégeait, habillé de pourpre et d'hermine, sur un trône très simple et cependant majestueux.

—Ah! Voilà un sujet, s'écria le roi quand il aperçut le petit prince.

Et le petit prince se demanda:

—Comment peut-il me reconnaître puisqu'il ne m'a encore jamais vu!

Il ne savait pas que, pour les rois, le monde est très simplifié. Tous les hommes sont des sujets.

—Approche-toi que je te voie mieux, lui dit le roi qui était tout fier d'être roi pour quelqu'un.

Le petit prince chercha des yeux où s'asseoir, mais la planète était toute encombrée par le magnifique manteau d'hermine. Il resta donc debout, et, comme il était fatigué, il bâilla.

—Il est contraire à l'étiquette de bâiller en présence d'un roi, lui dit le monarque. Je te l'interdis.

—Je ne peux pas m'en empêcher, répondit le petit prince tout confus. J'ai fait un long voyage et je n'ai pas dormi...

—Alors, lui dit le roi, je t'ordonne de bâiller. Je n'ai vu personne bâiller depuis des années. Les bâillements sont pour moi des curiosités. Allons! bâille encore. C'est un ordre.

—Ça m'intimide...je ne peux plus...fit le petit prince tout rougissant.

—Hum! Hum! répondit le roi. Alors je...je t'ordonne tantôt de bâiller et tantôt de...

Il bredouillait un peu et paraissait vexé.

Car le roi tenait essentiellement à ce que son autorité fût respectée. Il ne tolérait pas la désobéissance. C'était un monarque absolu. Mais, comme il était très bon, il donnait des ordres raisonnables.

"Si j'ordonnais, disait-il couramment, si j'ordonnais à un général de se changer en oiseau de mer, et si le général n'obéissait pas, ce ne serait pas la faute du général. Ce serait ma faute."

—Puis-je m'asseoir? s'enquit timidement le petit prince.

—Je t'ordonne de t'asseoir, lui répondit le roi, qui ramena majestueusement un pan de son manteau d'hermine.

Mais le petit prince s'étonnait. La planète était minuscule. Sur quoi le roi pouvait-il bien régner?

—Sire, lui dit-il...je vous demande pardon de vous interroger...

—Je t'ordonne de m'interroger, se hâta de dire le roi.

—Sire...sur quoi régnez-vous?

...la planète était toute encombrée
par le magnifique manteau d'hermine.

—Sur tout, répondit le roi, avec une grande simplicité.

—Sur tout?

Le roi d'un geste discret désigna sa planète, les autres planètes et les étoiles.

—Sur tout ça? dit le petit prince.

—Sur tout ça...répondit le roi.

Car non seulement c'était un monarque absolu mais c'était un monarque universel.

—Et les étoiles vous obéissent?

—Bien sûr, lui dit le roi. Elles obéissent aussitôt. Je ne tolère pas l'indiscipline.

Un tel pouvoir émerveilla le petit prince. S'il l'avait détenu lui-même, il aurait pu assister, non pas à quarante-quatre, mais à soixante-douze, ou même à cent, ou même à deux cents couchers de soleil dans la même journée, sans avoir jamais à tirer sa chaise! Et comme il se sentait un peu triste à cause du souvenir de sa petite planète abandonnée, il s'enhardit à solliciter une grâce du roi:

—Je voudrais voir un coucher de soleil...Faites-moi plaisir...Ordonnez au soleil de se coucher...

—Si j'ordonnais à un général de voler d'une fleur à l'autre à la façon d'un papillon, ou d'écrire une tragédie, ou de se changer en oiseau de mer, et si le général n'exécutait pas l'ordre reçu, qui, de lui ou de moi, serait dans son tort?

—Ce serait vous, dit fermement le petit prince.

—Exact. Il faut exiger de chacun ce que chacun peut donner, reprit le roi. L'autorité repose d'abord sur la raison. Si tu ordonnes à ton peuple d'aller se jeter à la mer, il fera la révolution. J'ai le droit d'exiger l'obéissance parce que mes ordres sont raisonnables.

—Alors mon coucher de soleil? rappela le petit prince qui jamais n'oubliait une question une fois qu'il l'avait posée.

—Ton coucher de soleil, tu l'auras. Je l'exigerai. Mais j'attendrai, dans ma science du gouvernement, que les conditions soient favorables.

—Quand ça sera-t-il? s'informa le petit prince.

—Hem! Hem! lui répondit le roi, qui consulta d'abord un gros calendrier, hem! hem! ce sera, vers...vers...ce sera ce soir vers sept heures quarante! Et tu verras comme je suis bien obéi.

Le petit prince bâilla. Il regrettait son coucher de soleil manqué. Et puis il s'ennuyait déjà un peu:

—Je n'ai plus rien à faire ici, dit-il au roi. Je vais repartir!

—Ne pars pas, répondit le roi qui était si fier d'avoir un sujet. Ne pars pas, je te fais ministre!

—Ministre de quoi?

—De...de la justice!

—Mais il n'y a personne à juger!

—On ne sait pas, lui dit le roi. Je n'ai pas fait encore le tour de mon royaume. Je suis très vieux, je n'ai pas de place pour un carrosse, et ça me fatigue de marcher.

—Oh! Mais j'ai déjà vu, dit le petit prince qui se pencha pour jeter encore un coup d'oeil sur l'autre côté de la planète. Il n'y a personne là-bas non plus...

—Tu te jugeras donc toi-même, lui répondit le roi. C'est le plus difficile. Il est bien plus difficile de se juger soi-même que de juger autrui. Si tu réussis à bien te juger, c'est que tu es un véritable sage.

—Moi, dit le petit prince, je puis me juger moi-même n'importe où. Je n'ai pas besoin d'habiter ici.

—Hem! Hem! dit le roi, je crois bien que sur ma planète il y a quelque part un vieux rat. Je l'entends la nuit. Tu pourras juger ce vieux rat. Tu le condamneras à mort de temps en temps. Ainsi sa vie dépendra de ta justice. Mais tu le gracieras chaque fois pour l'économiser. Il n'y en a qu'un.

—Moi, répondit le petit prince, je n'aime pas condamner à mort, et je crois bien que je m'en vais.

—Non, dit le roi.

Mais le petit prince, ayant achevé ses préparatifs, ne voulut point peiner le vieux monarque:

—Si Votre Majesté désirait être obéie ponctuellement, elle pourrait me donner un ordre raisonnable. Elle pourrait m'ordonner, par exemple, de partir avant une minute. Il me semble que les conditions sont favorables...

Le roi n'ayant rien répondu, le petit prince hésita d'abord, puis, avec un soupir, prit le départ...

—Je te fais mon ambassadeur, se hâta alors de crier le roi.

Il avait un grand air d'autorité.

Les grandes personnes sont bien étranges, se dit le petit prince, en lui-même, durant son voyage.

XI

La seconde planète était habitée par un vaniteux:

—Ah! Ah! Voilà la visite d'un admirateur! s'écria de loin le vaniteux dès qu'il aperçut le petit prince.

Car, pour les vaniteux, les autres hommes sont des admirateurs.

—Bonjour, dit le petit prince. Vous avez un drôle de chapeau.

—C'est pour saluer, lui répondit le vaniteux. C'est pour saluer quand on m'acclame. Malheureusement il ne passe jamais personne par ici.

—Ah oui? dit le petit prince qui ne comprit pas.

—Frappe tes mains l'une contre l'autre, conseilla donc le vaniteux.

Le petit prince frappa ses mains l'une contre l'autre. Le vaniteux salua modestement en soulevant son chapeau.

—Ça c'est plus amusant que la visite au roi, se dit en lui-même le petit prince. Et il recommença de frapper ses mains l'une contre l'autre. Le vaniteux recommença de saluer en soulevant son chapeau.

Après cinq minutes d'exercice le petit prince se fatigua de la monotonie du jeu:

—Et, pour que le chapeau tombe, demanda-t-il, que faut-il faire?

Mais le vaniteux ne l'entendit pas. Les vaniteux n'entendent jamais que les louanges.

—Est-ce que tu m'admires vraiment beaucoup? demanda-t-il au petit prince.

—Qu'est-ce que signifie admirer?

—Admirer signifie reconnaître que je suis l'homme le plus beau, le mieux habillé, le plus riche et le plus intelligent de la planète.

—Mais tu es seul sur ta planète!

—Ah! Ah! Voilà la visite d'un admirateur!

—Fais-moi ce plaisir. Admire-moi quand même!

—Je t'admire, dit le petit prince, en haussant un peu les épaules, mais en quoi cela peut-il bien t'intéresser?

Et le petit prince s'en fut.

Les grandes personnes sont décidément bien bizarres, se dit-il simplement en lui-même durant son voyage.

XII

La planète suivante était habitée par un buveur. Cette visite fut très courte, mais elle plongea le petit prince dans une grande mélancolie:

—Que fais-tu là? dit-il au buveur, qu'il trouva installé en silence devant une collection de bouteilles vides et une collection de bouteilles pleines.

—Je bois, répondit le buveur, d'un air lugubre.

—Pourquoi bois-tu? lui demanda le petit prince.

—Pour oublier, répondit le buveur.

—Pour oublier quoi? s'enquit le petit prince qui déjà le plaignait.

La planète suivante était habitée par un buveur.

—Pour oublier que j'ai honte, avoua le buveur en baissant la tête.

—Honte de quoi? s'informa le petit prince qui désirait le secourir.

—Honte de boire! acheva le buveur qui s'enferma définitivement dans le silence.

Et le petit prince s'en fut, perplexe.

Les grandes personnes sont décidément très très bizarres, se disait-il en lui-même durant le voyage.

XIII

La quatrième planète était celle du businessman. Cet homme était si occupé qu'il ne leva même pas la tête à l'arrivée du petit prince.

—Bonjour, lui dit celui-ci. Votre cigarette est éteinte.

—Trois et deux font cinq. Cinq et sept douze. Douze et trois quinze. Bonjour. Quinze et sept vingt-deux. Vingt-deux et six vingt-huit. Pas le temps de la rallumer. Vingt-six et cinq trente-et-un. Ouf! Ça fait donc cinq cent un millions six cent vingt-deux mille sept cent trente et un.

—Cinq cents millions de quoi?

—Hein? Tu es toujours là? Cinq cent un millions de...je ne sais plus...J'ai tellement de travail! Je suis sérieux, moi, je ne m'amuse pas à des balivernes! Deux et cinq sept...

—Cinq cent un millions de quoi, répéta le petit prince qui jamais de sa vie, n'avait renoncé à une question, une fois qu'il l'avait posée.

Le businessman leva la tête:

—Depuis cinquante-quatre ans que j'habite cette planète-ci, je n'ai été dérangé que trois fois. La première fois ç'a été, il y a vingt-deux ans, par un hanneton qui était tombé Dieu sait d'où. Il répandait un bruit épouvantable, et j'ai fait quatre erreurs dans une addition. La seconde fois ç'a été, il y a onze ans, par une crise de rhumatisme. Je manque d'exercice. Je n'ai pas le temps de flâner. Je suis sérieux, moi. La troisième fois...la voici! Je disais donc cinq cent un millions...

—Millions de quoi?

Le businessman comprit qu'il n'était point d'espoir de paix:

—Millions de ces petites choses que l'on voit quelquefois dans le ciel.

—Des mouches?

—Mais non, des petites choses qui brillent.

—Des abeilles?

—Mais non. Des petites choses dorées qui font rêvasser les fainéants. Mais je suis sérieux, moi! Je n'ai pas le temps de rêvasser.

—Ah! des étoiles?

—C'est bien ça. Des étoiles.

—Et que fais-tu de cinq cents millions d'étoiles?

—Cinq cent un millions six cent vingt-deux mille sept cent trente et un. Je suis sérieux, moi, je suis précis.

—Et que fais-tu de ces étoiles?

—Ce que j'en fais?

—Oui.

—Rien. Je les possède.

—Tu possèdes les étoiles?

—Oui.

—Mais j'ai déjà vu un roi qui...

—Les rois ne possèdent pas. Ils "régnent" sur. C'est très différent.

—Et à quoi cela te sert-il de posséder les étoiles?

—Ça me sert à être riche.

—Et à quoi cela te sert-il d'être riche?

—A acheter d'autres étoiles, si quelqu'un en trouve.

Celui-là, se dit en lui-même le petit prince, il raisonne un peu comme mon ivrogne.

Cependant il posa encore des questions:

—Comment peut-on posséder les étoiles?

—À qui sont-elles? riposta, grincheux, le businessman.

—Je ne sais pas. À personne.

—Alors elles sont à moi, car j'y ai pensé le premier.

—Ça suffit?

—Bien sûr. Quand tu trouves un diamant qui n'est à

personne, il est à toi. Quand tu trouves une île qui n'est à personne, elle est à toi. Quand tu as une idée le premier, tu la fais breveter: elle est à toi. Et moi je possède les étoiles, puisque jamais personne avant moi n'a songé à les posséder.

—Ça c'est vrai, dit le petit prince. Et qu'en fais-tu?

—Je les gère. Je les compte et je les recompte, dit le businessman. C'est difficile. Mais je suis un homme sérieux!

Le petit prince n'était pas satisfait encore.

—Moi, si je possède un foulard, je puis le mettre autour de mon cou et l'emporter. Moi, si je possède une fleur, je puis cueillir ma fleur et l'emporter. Mais tu ne peux pas cueillir les étoiles!

—Non, mais je puis les placer en banque.

—Qu'est-ce que ça veut dire?

—Ça veut dire que j'écris sur un petit papier le nombre de mes étoiles. Et puis j'enferme à clef ce papier-là dans un tiroir.

—Et c'est tout?

—Ça suffit!

C'est amusant, pensa le petit prince. C'est assez poétique. Mais ce n'est pas très sérieux.

Le petit prince avait sur les choses sérieuses des idées très différentes des idées des grandes personnes.

—Moi, dit-il encore, je possède une fleur que j'arrose tous les jours. Je possède trois volcans que je ramone toutes les semaines. Car je ramone aussi celui qui est éteint. On ne sait jamais. C'est utile à mes volcans, et c'est utile à ma fleur, que je les possède. Mais tu n'es pas utile aux étoiles...

Le businessman ouvrit la bouche mais ne trouva rien à répondre, et le petit prince s'en fut.

Les grandes personnes sont décidément tout à fait extraordinaires, se disait-il simplement en lui-même durant le voyage.

XIV

La cinquième planète était très curieuse. C'était la plus petite de toutes. Il y avait là juste assez de place pour loger un réverbère et un allumeur de réverbères. Le petit prince ne parvenait pas à s'expliquer à quoi pouvaient servir, quelque part dans le ciel, sur une planète sans maison, ni population, un réverbère et un allumeur de réverbères. Cependant il se dit en lui-même:

—Peut-être bien que cet homme est absurde. Cependant il est moins absurde que le roi, que le vaniteux, que le businessman et que le buveur. Au moins son travail a-t-il un

—Je fais là un métier terrible.

sens. Quand il allume son réverbère, c'est comme s'il faisait naître une étoile de plus, ou une fleur. Quand il éteint son réverbère ça endort la fleur ou l'étoile. C'est une occupation très jolie. C'est véritablement utile puisque c'est joli.

Lorsqu'il aborda la planète il salua respectueusement l'allumeur:

—Bonjour. Pourquoi viens-tu d'éteindre ton réverbère?

—C'est la consigne, répondit l'allumeur. Bonjour.

—Qu'est-ce que la consigne?

—C'est d'éteindre mon réverbère. Bonsoir.

Et il le ralluma.

—Mais pourquoi viens-tu de le rallumer?

—C'est la consigne, répondit l'allumeur.

—Je ne comprends pas, dit le petit prince.

—Il n'y a rien à comprendre, dit l'allumeur. La consigne c'est la consigne. Bonjour.

Et il éteignit son réverbère.

Puis il s'épongea le front avec un mouchoir à carreaux rouges.

—Je fais là un métier terrible. C'était raisonnable autrefois. J'éteignais le matin et j'allumais le soir. J'avais le reste du jour pour me reposer, et le reste de la nuit pour dormir...

—Et, depuis cette époque, la consigne a changé?

—La consigne n'a pas changé, dit l'allumeur. C'est bien là le drame! La planète d'année en année a tourné de plus en plus vite, et la consigne n'a pas changé!

—Alors? dit le petit prince.

—Alors maintenant qu'elle fait un tour par minute, je n'ai plus une seconde de repos. J'allume et j'éteins une fois par minute!

—Ça c'est drôle! Les jours chez toi durent une minute!

—Ce n'est pas drôle du tout, dit l'allumeur. Ça fait déjà un mois que nous parlons ensemble.

—Un mois?

—Oui. Trente minutes. Trente jours! Bonsoir.

Et il ralluma son réverbère.

Le petit prince le regarda et il aima cet allumeur qui était tellement fidèle à la consigne. Il se souvint des couchers de soleil que lui-même allait autrefois chercher, en tirant sa chaise. Il voulut aider son ami:

—Tu sais...je connais un moyen de te reposer quand tu voudras...

—Je veux toujours, dit l'allumeur.

Car on peut être, à la fois, fidèle et paresseux.

Le petit prince poursuivit:

—Ta planète est tellement petite que tu en fais le tour en trois enjambées. Tu n'as qu'à marcher assez lentement pour rester toujours au soleil. Quand tu voudras te reposer tu marcheras...et le jour durera aussi longtemps que tu voudras.

—Ça ne m'avance pas à grand'chose, dit l'allumeur. Ce que j'aime dans la vie, c'est dormir.

—Ce n'est pas de chance, dit le petit prince.

—Ce n'est pas de chance, dit l'allumeur. Bonjour.

Et il éteignit son réverbère.

"Celui-là, se dit le petit prince, tandis qu'il poursuivait plus loin son voyage, celui-là serait méprisé par tous les autres, par le roi, par le vaniteux, par le buveur, par le businessman. Cependant c'est le seul qui ne me paraisse pas ridicule. C'est, peut-être, parce qu'il s'occupe d'autre chose que de soi-même."

Il eut un soupir de regret et se dit encore:

—Celui-là est le seul dont j'eusse pu faire mon ami. Mais sa planète est vraiment trop petite. Il n'y a pas de place pour deux...

Ce que le petit prince n'osait pas s'avouer, c'est qu'il regrettait cette planète bénie à cause, surtout, des mille quatre cent quarante couchers de soleil par vingt-quatre heures!

XV

La sixième planète était une planète dix fois plus vaste. Elle était habitée par un vieux Monsieur qui écrivait d'énormes livres.

—Tiens! voilà un explorateur! s'écria-t-il, quand il aperçut le petit prince.

Le petit prince s'assit sur la table et souffla un peu. Il avait déjà tant voyagé!

—D'où viens-tu? lui dit le vieux Monsieur.

—Quel est ce gros livre? dit le petit prince. Que faites-vous ici?

—Je suis géographe, dit le vieux Monsieur.

—Qu'est-ce qu'un géographe?

—C'est un savant qui connaît où se trouvent les mers, les fleuves, les villes, les montagnes et les déserts.

—Ça c'est bien intéressant, dit le petit prince. Ça c'est enfin un véritable métier! Et il jeta un coup d'oeil autour de lui sur la planète du géographe. Il n'avait jamais vu encore une planète aussi majestueuse.

—Elle est bien belle, votre planète. Est-ce qu'il y a des océans?

—Je ne puis pas le savoir, dit le géographe.

—Ah! (Le petit prince était déçu.) Et des montagnes?

—Je ne puis pas le savoir, dit le géographe.

—Et des villes et des fleuves et des déserts?

—Je ne puis pas le savoir non plus, dit le géographe.

—Mais vous êtes géographe!

—C'est exact, dit le géographe, mais je ne suis pas explorateur. Je manque absolument d'explorateurs. Ce n'est pas le géographe qui va faire le compte des villes, des fleuves, des montagnes, des mers, des océans et des déserts. Le géographe est trop important pour flâner. Il ne quitte pas son bureau. Mais il y reçoit les explorateurs. Il les interroge, et il prend en note leurs souvenirs. Et si les souvenirs de l'un d'entre eux lui paraissent intéressants, le géographe fait faire une enquête sur la moralité de l'explorateur.

—Pourquoi ça?

—Parce qu'un explorateur qui mentirait entraînerait des catastrophes dans les livres de géographie. Et aussi un explorateur qui boirait trop.

—Pourquoi ça? fit le petit prince.

—Parce que les ivrognes voient double. Alors le géographe noterait deux montagnes, là où il n'y en a qu'une seule.

—Je connais quelqu'un, dit le petit prince, qui serait mauvais explorateur.

—C'est possible. Donc, quand la moralité de l'explorateur paraît bonne, on fait une enquête sur sa découverte.

—On va voir?

—Non. C'est trop compliqué. Mais on exige de l'explorateur qu'il fournisse des preuves. S'il s'agit par exemple de la découverte d'une grosse montagne, on exige qu'il en rapporte de grosses pierres.

Le géographe soudain s'émut.

—Mais toi, tu viens de loin! Tu es explorateur! Tu vas me décrire ta planète!

Et le géographe, ayant ouvert son registre, tailla son crayon.

On note d'abord au crayon les récits des explorateurs. On attend, pour noter à l'encre, que l'explorateur ait fourni des preuves.

—Alors? interrogea le géographe.

—Oh! chez moi, dit le petit prince, ce n'est pas très intéressant, c'est tout petit. J'ai trois volcans. Deux volcans en activité, et un volcan éteint. Mais on ne sait jamais.

—On ne sait jamais, dit le géographe.

—J'ai aussi une fleur.

—Nous ne notons pas les fleurs, dit le géographe.

—Pourquoi ça! c'est le plus joli!

—Parce que les fleurs sont éphémères.

—Qu'est ce que signifie: "éphémère"?

—Les géographies, dit le géographe, sont les livres les plus précieux de tous les livres. Elles ne se démodent jamais. Il est très rare qu'une montagne change de place. Il est très rare qu'un océan se vide de son eau. Nous écrivons des choses éternelles.

—Mais les volcans éteints peuvent se réveiller, interrompit le petit prince. Qu'est-ce que signifie "éphémère"?

—Que les volcans soient éteints ou soient éveillés, ça revient au même pour nous autres, dit le géographe. Ce qui compte pour nous, c'est la montagne. Elle ne change pas.

—Mais qu'est-ce que signifie "éphémère"? répéta le petit prince qui, de sa vie, n'avait renoncé à une question, une fois qu'il l'avait posée.

—Ça signifie "qui est menacé de disparition prochaine".

—Ma fleur est menacée de disparition prochaine?

—Bien sûr.

Ma fleur est éphémère, se dit le petit prince, et elle n'a que quatre épines pour se défendre contre le monde! Et je l'ai laissée toute seule chez moi!

Ce fut là son premier mouvement de regret. Mais il reprit courage:

—Que me conseillez-vous d'aller visiter? demanda-t-il.

—La planète Terre, lui répondit le géographe. Elle a une bonne réputation...

Et le petit prince s'en fut, songeant à sa fleur.

XVI

La septième planète fut donc la Terre.

La Terre n'est pas une planète quelconque! On y compte cent onze rois (en n'oubliant pas, bien sûr, les rois nègres), sept mille géographes, neuf cent mille businessmen, sept millions et demi d'ivrognes, trois cent onze millions de vaniteux, c'est-à-dire environ deux milliards de grandes personnes.

Pour vous donner une idée des dimensions de la Terre je vous dirai qu'avant l'invention de l'électricité on y devait entretenir, sur l'ensemble des six continents, une véritable armée de quatre cent soixante-deux mille cinq cent onze allumeurs de réverbères.

Vu d'un peu loin ça faisait un effet splendide. Les mouvements de cette armée étaient réglés comme ceux d'un ballet d'opéra. D'abord venait le tour des allumeurs de réverbères de Nouvelle-Zélande et d'Australie. Puis ceux-ci, ayant allumé leurs lampions, s'en allaient dormir. Alors entraient à leur tour dans la danse les allumeurs de réverbères de Chine et de Sibérie. Puis eux aussi s'escamotaient dans les coulisses. Alors venait le tour des allumeurs de réverbères de Russie et des Indes. Puis de ceux d'Afrique et d'Europe. Puis de ceux d'Amérique du Sud. Puis de ceux d'Amérique du Nord. Et jamais ils ne se trompaient dans leur ordre d'entrée en scène. C'était grandiose.

Seuls, l'allumeur de l'unique réverbère du pôle Nord, et son confrère de l'unique réverbère du pôle Sud, menaient des vies d'oisiveté et de nonchalance: ils travaillaient deux fois par an.

XVII

Quand on veut faire de l'esprit, il arrive que l'on mente un peu. Je n'ai pas été très honnête en vous parlant des allumeurs de réverbères. Je risque de donner une fausse idée de notre planète à ceux qui ne la connaissent pas. Les hommes occupent très peu de place sur la terre. Si les deux milliards d'habitants qui peuplent la terre se tenaient debout et un peu serrés, comme pour un meeting, ils logeraient aisément sur une place publique de vingt milles de long sur vingt milles de large. On pourrait entasser l'humanité sur le moindre petit îlot du Pacifique.

Les grandes personnes, bien sûr, ne vous croiront pas. Elles s'imaginent tenir beaucoup de place. Elles se voient importantes comme des baobabs. Vous leur conseillerez donc de faire le calcul. Elles adorent les chiffres: ça leur plaira. Mais ne perdez pas votre temps à ce pensum. C'est inutile. Vous avez confiance en moi.

Le petit prince, une fois sur terre, fut donc bien surpris de ne voir personne. Il avait déjà peur de s'être trompé de planète, quand un anneau couleur de lune remua dans le sable.

—Bonne nuit, fit le petit prince à tout hasard.

—Bonne nuit, fit le serpent.

—Sur quelle planète suis-je tombé? demanda le petit prince.

—Sur la Terre, en Afrique, répondit le serpent.

—Ah!...Il n'y a donc personne sur la Terre?

*Le petit prince, une fois sur terre,
fut donc bien surpris de ne voir personne.*

—Ici c'est le désert. Il n'y a personne dans les déserts. La Terre est grande, dit le serpent.

Le petit prince s'assit sur une pierre et leva les yeux vers le ciel:

—Je me demande, dit-il, si les étoiles sont éclairées afin que chacun puisse un jour retrouver la sienne. Regarde ma planète. Elle est juste au-dessus de nous...Mais comme elle est loin!

—Elle est belle, dit le serpent. Que viens-tu faire ici?

—J'ai des difficultés avec une fleur, dit le petit prince.

—Ah! fit le serpent.

Et ils se turent.

—Où sont les hommes? reprit enfin le petit prince. On est un peu seul dans le désert...

—On est seul aussi chez les hommes, dit le serpent.

Le petit prince le regarda longtemps:

—Tu es une drôle de bête, lui dit-il enfin, mince comme un doigt...

—Mais je suis plus puissant que le doigt d'un roi, dit le serpent.

Le petit prince eut un sourire:

—Tu n'es pas bien puissant...tu n'as même pas de pattes...tu ne peux même pas voyager...

—Je puis t'emporter plus loin qu'un navire, dit le serpent.

Il s'enroula autour de la cheville du petit prince, comme un bracelet d'or:

—Tu es une drôle de bête, lui dit-il enfin,
mince comme un doigt ...

—Celui que je touche, je le rends à la terre dont il est sorti, dit-il encore. Mais tu es pur et tu viens d'une étoile...

Le petit prince ne répondit rien.

—Tu me fais pitié, toi si faible, sur cette Terre de granit. Je puis t'aider un jour si tu regrettes trop ta planète. Je puis...

—Oh! J'ai très bien compris, fit le petit prince, mais pourquoi parles-tu toujours par énigmes?

—Je les résous toutes, dit le serpent.

Et ils se turent.

XVIII

Le petit prince traversa le désert et ne rencontra qu'une fleur. Une fleur à trois pétales, une fleur de rien du tout...

—Bonjour, dit le petit prince.

—Bonjour, dit la fleur.

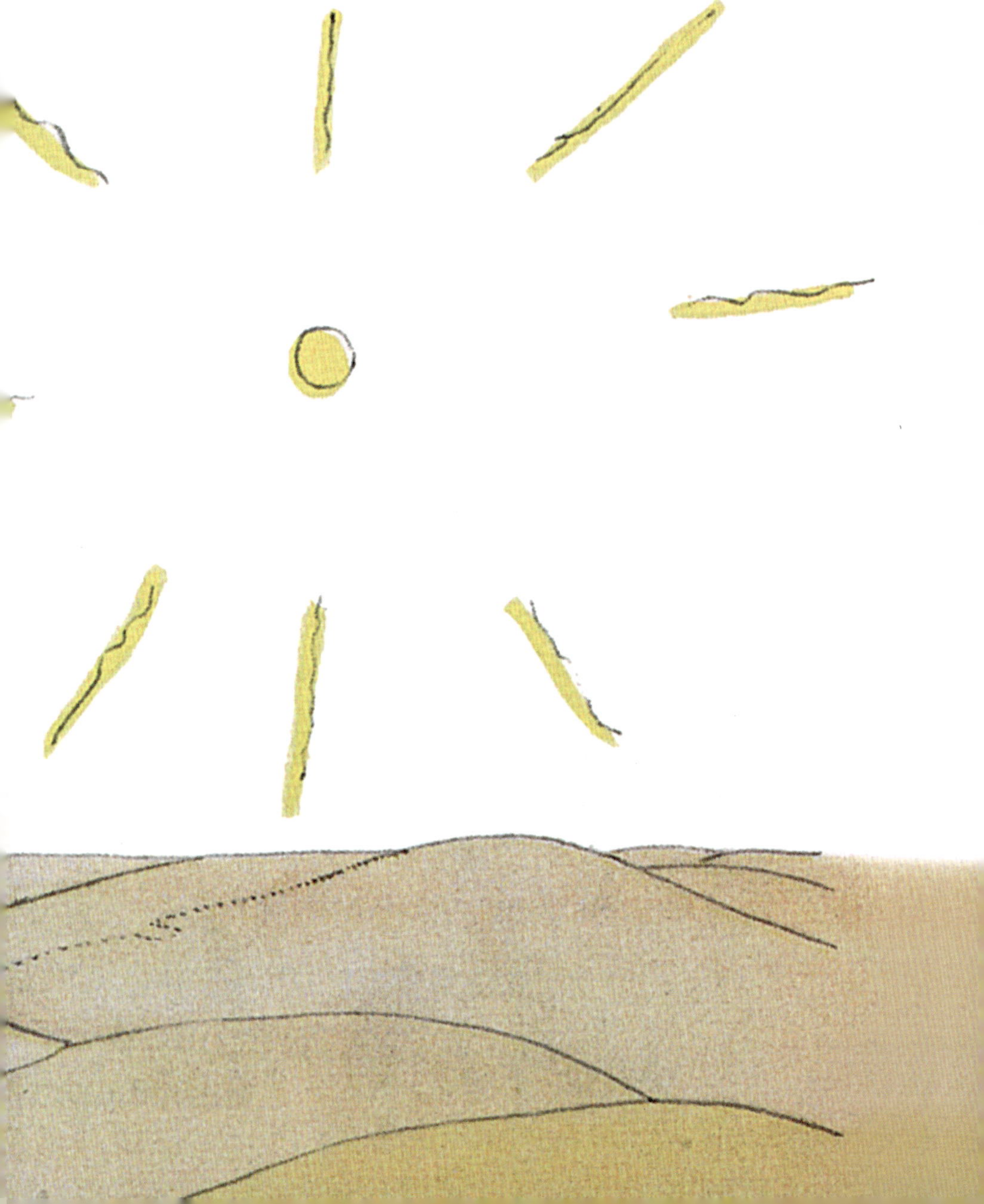

—Où sont les hommes? demanda poliment le petit prince.

La fleur, un jour, avait vu passer une caravane:

—Les hommes? Il en existe, je crois, six ou sept. Je les ai aperçus il y a des années. Mais on ne sait jamais où les trouver. Le vent les promène. Ils manquent de racines, ça les gêne beaucoup.

—Adieu, fit le petit prince.

—Adieu, dit la fleur.

XIX

Le petit prince fit l'ascension d'une haute montagne. Les seules montagnes qu'il eût jamais connues étaient les trois volcans qui lui arrivaient au genou. Et il se servait du volcan éteint comme d'un tabouret. "D'une montagne haute comme celle-ci, se dit-il donc, j'apercevrai d'un coup toute la planète et tous les hommes..." Mais il n'aperçut rien que des aiguilles de roc bien aiguisées.

—Bonjour, dit-il à tout hasard.

—Bonjour...Bonjour...Bonjour...répondit l'écho.

Cette planète est toute sèche, et toute pointue et toute salée.

—Qui êtes-vous? dit le petit prince.

—Qui êtes-vous...qui êtes-vous...qui êtes-vous...répondit l'écho.

—Soyez mes amis, je suis seul, dit-il.

—Je suis seul...je suis seul...je suis seul...répondit l'écho.

"Quelle drôle de planète! pensa-t-il alors. Elle est toute sèche, et toute pointue et toute salée. Et les hommes manquent d'imagination. Ils répètent ce qu'on leur dit...Chez moi j'avais une fleur: elle parlait toujours la première..."

XX

Mais il arriva que le petit prince, ayant longtemps marché à travers les sables, les rocs et les neiges, découvrit enfin une route. Et les routes vont toutes chez les hommes.

—Bonjour, dit-il.

C'était un jardin fleuri de roses.

—Bonjour, dirent les roses.

Le petit prince les regarda. Elles ressemblaient toutes à sa fleur.

—Qui êtes-vous? leur demanda-t-il, stupéfait.

—Nous sommes des roses, dirent les roses.

—Ah! fit le petit prince...

Et il se sentit très malheureux. Sa fleur lui avait raconté qu'elle était seule de son espèce dans l'univers. Et voici qu'il en était cinq mille, toutes semblables, dans un seul jardin!

"Elle serait bien vexée, se dit-il, si elle voyait ça...elle tousserait énormément et ferait semblant de mourir pour échapper au ridicule. Et je serais bien obligé de faire semblant de la soigner, car, sinon, pour m'humilier moi aussi, elle se laisserait vraiment mourir..."

Puis il se dit encore: "Je me croyais riche d'une fleur unique, et je ne possède qu'une rose ordinaire. Ça et mes trois volcans qui m'arrivent au genou, et dont l'un, peut-être, est éteint pour toujours, ça ne fait pas de moi un bien grand prince..." Et, couché dans l'herbe, il pleura.

XXI

C'est alors qu'apparut le renard:

—Bonjour, dit le renard.

—Bonjour, répondit poliment le petit prince, qui se retourna mais ne vit rien.

—Je suis là, dit la voix, sous le pommier.

—Qui es-tu? dit le petit prince. Tu es bien joli...

—Je suis un renard, dit le renard.

—Viens jouer avec moi, lui proposa le petit prince. Je suis tellement triste...

Et, couché dans l'herbe, il pleura.

—Je ne puis pas jouer avec toi, dit le renard. Je ne suis pas apprivoisé.

—Ah! pardon, fit le petit prince.

Mais, après réflexion, il ajouta:

—Qu'est-ce que signifie "apprivoiser"?

—Tu n'es pas d'ici, dit le renard, que cherches-tu?

—Je cherche les hommes, dit le petit prince. Qu'est-ce que signifie "apprivoiser"?

—Les hommes, dit le renard, ils ont des fusils et ils chassent. C'est bien gênant! Ils élèvent aussi des poules. C'est leur seul intérêt. Tu cherches des poules?

—Non, dit le petit prince. Je cherche des amis. Qu'est-ce que signifie "apprivoiser"?

—C'est une chose trop oubliée, dit le renard. Ça signifie "créer des liens..."

—Créer des liens?

—Bien sûr, dit le renard. Tu n'es encore pour moi qu'un petit garçon tout semblable à cent mille petits garçons. Et je n'ai pas besoin de toi. Et tu n'as pas besoin de moi non plus. Je ne suis pour toi qu'un renard semblable à cent mille renards. Mais, si tu m'apprivoises, nous aurons besoin l'un de l'autre. Tu seras pour moi unique au monde. Je serai pour toi unique au monde...

—Je commence à comprendre, dit le petit prince. Il y a une fleur...je crois qu'elle m'a apprivoisé...

—C'est possible, dit le renard. On voit sur la Terre toutes sortes de choses...

—Oh! ce n'est pas sur la Terre, dit le petit prince.

Le renard parut très intrigué:

—Sur une autre planète?

—Oui.

—Il y a des chasseurs, sur cette planète-là?

—Non.

—Ça, c'est intéressant! Et des poules?

—Non.

—Les hommes, dit le renard, ils ont des fusils et ils chassent.

—Rien n'est parfait, soupira le renard.

Mais le renard revint à son idée:

—Ma vie est monotone. Je chasse les poules, les hommes me chassent. Toutes les poules se ressemblent, et tous les hommes se ressemblent. Je m'ennuie donc un peu. Mais, si tu m'apprivoises, ma vie sera comme ensoleillée. Je connaîtrai un bruit de pas qui sera différent de tous les autres. Les autres pas me font rentrer sous terre. Le tien m'appellera hors du terrier, comme une musique. Et puis regarde! Tu vois, là-bas, les champs de blé? Je ne mange pas de pain. Le blé pour moi est inutile. Les champs de blé ne me rappellent rien. Et ça, c'est triste! Mais tu as des cheveux couleur d'or. Alors ce sera merveilleux quand tu m'auras apprivoisé! Le blé, qui est doré, me fera souvenir de toi. Et j'aimerai le bruit du vent dans le blé...

Le renard se tut et regarda longtemps le petit prince:

—S'il te plaît...apprivoise-moi! dit-il.

—Je veux bien, répondit le petit prince, mais je n'ai pas beaucoup de temps. J'ai des amis à découvrir et beaucoup de choses à connaître.

—On ne connaît que les choses que l'on apprivoise, dit le renard. Les hommes n'ont plus le temps de rien connaître. Ils achètent des choses toutes faites chez les marchands. Mais comme il n'existe point de marchands d'amis, les hommes n'ont plus d'amis. Si tu veux un ami, apprivoise-moi!

—Que faut-il faire? dit le petit prince.

—Il faut être très patient, répondit le renard. Tu t'assoiras d'abord un peu loin de moi, comme ça, dans l'herbe. Je te regarderai du coin de l'oeil et tu ne diras rien. Le langage est source de malentendus. Mais, chaque jour, tu pourras t'asseoir un peu plus près...

Le lendemain revint le petit prince.

—Il eût mieux valu revenir à la même heure, dit le renard. Si tu viens, par exemple, à quatre heures de l'après-midi, dès trois heures je commencerai d'être heureux. Plus l'heure avancera, plus je me sentirai heureux. A quatre heures, déjà, je m'agiterai et m'inquiéterai ; je découvrirai le prix du bonheur! Mais si tu viens n'importe quand, je ne saurai jamais à quelle heure m'habiller le coeur...Il faut des rites.

—Qu'est-ce qu'un rite? dit le petit prince.

—C'est aussi quelque chose de trop oublié, dit le renard. C'est ce qui fait qu'un jour est différent des autres jours, une heure, des autres heures. Il y a un rite, par exemple, chez mes chasseurs. Ils dansent le jeudi avec les filles du village. Alors le jeudi est jour merveilleux! Je vais me promener jusqu'à la vigne. Si les chasseurs dansaient n'importe quand, les jours se ressembleraient tous, et je n'aurais point de vacances.

*Si tu viens, par exemple, à quatre heures de l'après-midi,
dès trois heures je commencerai d'être heureux.*

Ainsi le petit prince apprivoisa le renard. Et quand l'heure du départ fut proche:

—Ah! dit le renard...Je pleurerai.

—C'est ta faute, dit le petit prince, je ne te souhaitais point de mal, mais tu as voulu que je t'apprivoise...

—Bien sûr, dit le renard.

—Mais tu vas pleurer! dit le petit prince.

—Bien sûr, dit le renard.

—Alors tu n'y gagnes rien!

—J'y gagne, dit le renard, à cause de la couleur du blé.

Puis il ajouta:

—Va revoir les roses. Tu comprendras que la tienne est unique au monde. Tu reviendras me dire adieu, et je te ferai cadeau d'un secret.

Le petit prince s'en fut revoir les roses:

—Vous n'êtes pas du tout semblables à ma rose, vous n'êtes rien encore, leur dit-il. Personne ne vous a apprivoisé et vous n'avez apprivoisé personne. Vous êtes comme était mon renard. Ce n'était qu'un renard semblable à cent mille autres. Mais j'en ai fait mon ami, et il est maintenant unique au monde.

Et les roses étaient bien gênées.

—Vous êtes belles, mais vous êtes vides, leur dit-il encore. On ne peut pas mourir pour vous. Bien sûr, ma rose à moi, un passant ordinaire croirait qu'elle vous ressemble. Mais à elle seule elle est plus importante que vous toutes, puisque c'est elle que j'ai arrosée. Puisque c'est elle que j'ai mise sous globe. Puisque c'est elle que j'ai abritée par le paravent. Puisque c'est elle dont j'ai tué les chenilles (sauf les deux ou trois pour les papillons). Puisque c'est elle que j'ai écoutée se plaindre, ou se vanter, ou même quelquefois se taire. Puisque c'est ma rose.

Et il revint vers le renard:
—Adieu, dit-il...
—Adieu, dit le renard. Voici mon secret. Il est très simple: on ne voit bien qu'avec le coeur. L'essentiel est invisible pour les yeux.
—L'essentiel est invisible pour les yeux, répéta le petit prince, afin de se souvenir.
—C'est le temps que tu as perdu pour ta rose qui fait ta rose si importante.
—C'est le temps que j'ai perdu pour ma rose...fit le petit prince, afin de se souvenir.

—Les hommes ont oublié cette vérité, dit le renard. Mais tu ne dois pas l'oublier. Tu deviens responsable pour toujours de ce que tu as apprivoisé. Tu es responsable de ta rose...

—Je suis responsable de ma rose...répéta le petit prince, afin de se souvenir.

XXII

Bonjour, dit le petit prince.

—Bonjour, dit l'aiguilleur.

—Que fais-tu ici? dit le petit prince.

—Je trie les voyageurs, par paquets de mille, dit l'aiguilleur. J'expédie les trains qui les emportent, tantôt vers la droite, tantôt vers la gauche.

Et un rapide illuminé, grondant comme le tonnerre, fit trembler la cabine d'aiguillage.

—Ils sont bien pressés, dit le petit prince. Que cherchent-ils?

—L'homme de la locomotive l'ignore lui-même, dit l'aiguilleur.

Et gronda, en sens inverse, un second rapide illuminé.

—Ils reviennent déjà? demanda le petit prince...

—Ce ne sont pas les mêmes, dit l'aiguilleur. C'est un échange.

—Ils n'étaient pas contents, là où ils étaient?

—On n'est jamais content là où l'on est, dit l'aiguilleur.

Et gronda le tonnerre d'un troisième rapide illuminé.

—Ils poursuivent les premiers voyageurs? demanda le petit prince.

—Ils ne poursuivent rien du tout, dit l'aiguilleur. Ils dorment là-dedans, ou bien ils bâillent. Les enfants seuls écrasent leur nez contre les vitres.

—Les enfants seuls savent ce qu'ils cherchent, fit le petit prince. Ils perdent du temps pour une poupée de chiffons, et elle devient très importante, et si on la leur enlève, ils pleurent...

—Ils ont de la chance, dit l'aiguilleur.

XXIII

—Bonjour, dit le petit prince.

—Bonjour, dit le marchand.

C'était un marchand de pilules perfectionnées qui apaisent la soif. On en avale une par semaine et l'on n'éprouve plus le besoin de boire.

—Pourquoi vends-tu ça? dit le petit prince.

—C'est une grosse économie de temps, dit le marchand. Les experts ont fait des calculs. On épargne cinquante-trois minutes par semaine.

—Et que fait-on des cinquante-trois minutes?

—On en fait ce que l'on veut...

"Moi, se dit le petit prince, si j'avais cinquante-trois minutes à dépenser, je marcherais tout doucement vers une fontaine..."

XXIV

Nous en étions au huitième jour de ma panne dans le désert, et j'avais écouté l'histoire du marchand en buvant la dernière goutte de ma provision d'eau:

—Ah! dis-je au petit prince, ils sont bien jolis, tes souvenirs, mais je n'ai pas encore réparé mon avion, je n'ai plus rien à boire, et je serais heureux, moi aussi, si je pouvais marcher tout doucement vers une fontaine!

—Mon ami le renard, me dit-il...

—Mon petit bonhomme, il ne s'agit plus du renard!

—Pourquoi?

—Parce qu'on va mourir de soif...

Il ne comprit pas mon raisonnement, il me répondit:

—C'est bien d'avoir eu un ami, même si l'on va mourir. Moi, je suis bien content d'avoir eu un ami renard...

Il ne mesure pas le danger, me dis-je. Il n'a jamais ni faim ni soif. Un peu de soleil lui suffit...

Mais il me regarda et répondit à ma pensée:

—J'ai soif aussi...cherchons un puits...

J'eus un geste de lassitude: il est absurde de chercher un puits, au hasard, dans l'immensité du désert. Cependant nous nous mîmes en marche.

Quand nous eûmes marché, des heures, en silence, la nuit

tomba, et les étoiles commencèrent de s'éclairer. Je les apercevais comme en rêve, ayant un peu de fièvre, à cause de ma soif. Les mots du petit prince dansaient dans ma mémoire:

—Tu as donc soif, toi aussi? lui demandai-je.

Mais il ne répondit pas à ma question. Il me dit simplement:

—L'eau peut aussi être bonne pour le coeur...

Je ne compris pas sa réponse mais je me tus...Je savais bien qu'il ne fallait pas l'interroger.

Il était fatigué. Il s'assit. Je m'assis auprès de lui. Et, après un silence, il dit encore:

—Les étoiles sont belles, à cause d'une fleur que l'on ne voit pas...

Je répondis "bien sûr" et je regardai, sans parler, les plis du sable sous la lune.

—Le désert est beau, ajouta-t-il...

Et c'était vrai. J'ai toujours aimé le désert. On s'assoit sur une dune de sable. On ne voit rien. On n'entend rien. Et cependant quelque chose rayonne en silence...

—Ce qui embellit le désert, dit le petit prince, c'est qu'il cache un puits quelque part...

Je fus surpris de comprendre soudain ce mystérieux rayonnement du sable. Lorsque j'étais petit garçon j'habitais une maison ancienne, et la légende racontait qu'un trésor y était enfoui. Bien sûr, jamais personne n'a su le découvrir, ni peut-être même ne l'a cherché. Mais il enchantait toute cette maison. Ma maison cachait un secret au fond de son coeur...

—Oui, dis-je au petit prince, qu'il s'agisse de la maison, des étoiles ou du désert, ce qui fait leur beauté est invisible!

—Je suis content, dit-il, que tu sois d'accord avec mon renard.

Comme le petit prince s'endormait, je le pris dans mes bras, et me remis en route. J'étais ému. Il me semblait porter un trésor fragile. Il me semblait même qu'il n'y eût rien de plus fragile sur la Terre. Je regardais, à la lumière de la lune, ce front pâle, ces yeux clos, ces mèches de cheveux qui tremblaient au vent, et je me disais: "ce que je vois là n'est qu'une écorce. Le plus important est invisible..."

Comme ses lèvres entr'ouvertes ébauchaient un demi-sourire je me dis encore: "Ce qui m'émeut si fort de ce petit prince endormi, c'est sa fidélité pour une fleur, c'est l'image d'une rose qui rayonne en lui comme la flamme d'une lampe, même quand il dort..." Et je le devinai plus fragile encore. Il faut bien protéger les lampes: un coup de vent peut les éteindre...

Et, marchant ainsi, je découvris le puits au lever du jour.

XXV

—Les hommes, dit le petit prince, ils s'enfournent dans les rapides, mais ils ne savent plus ce qu'ils cherchent. Alors ils s'agitent et tournent en rond...

Et il ajouta:

—Ce n'est pas la peine...

Le puits que nous avions atteint ne ressemblait pas aux puits sahariens. Les puits sahariens sont de simples trous creusés dans le sable. Celui-là ressemblait à un puits de village. Mais il n'y avait là aucun village, et je croyais rêver.

—C'est étrange, dis-je au petit prince, tout est prêt: la poulie, le seau et la corde...

Il rit, toucha la corde, fit jouer la poulie. Et la poulie gémit comme gémit une vieille girouette quand le vent a longtemps dormi.

—Tu entends, dit le petit prince, nous réveillons ce puits et il chante...

Je ne voulais pas qu'il fît un effort:

—Laisse-moi faire, lui dis-je, c'est trop lourd pour toi.

Lentement je hissai le seau jusqu'à la margelle. Je l'y installai bien d'aplomb. Dans mes oreilles durait le chant de la poulie et, dans l'eau qui tremblait encore, je voyais trembler le soleil.

Il rit, toucha la corde, fit jouer la poulie.

—J'ai soif de cette eau-là, dit le petit prince, donne-moi à boire...

Et je compris ce qu'il avait cherché!

Je soulevai le seau jusqu'à ses lèvres. Il but, les yeux fermés. C'était doux comme une fête. Cette eau était bien autre chose qu'un aliment. Elle était née de la marche sous les étoiles, du chant de la poulie, de l'effort de mes bras. Elle était bonne pour le coeur, comme un cadeau. Lorsque j'étais petit garçon, la lumière de l'arbre de Noël, la musique de la messe de minuit, la douceur des sourires faisaient ainsi tout le rayonnement du cadeau de Noël que je recevais.

—Les hommes de chez toi, dit le petit prince, cultivent cinq mille roses dans un même jardin...et ils n'y trouvent pas ce qu'ils cherchent...

—Ils ne le trouvent pas, répondis-je...

—Et cependant ce qu'ils cherchent pourrait être trouvé dans une seule rose ou un peu d'eau...

—Bien sûr, répondis-je.

Et le petit prince ajouta:

—Mais les yeux sont aveugles. Il faut chercher avec le coeur.

J'avais bu. Je respirais bien. Le sable, au lever du jour, est couleur de miel. J'étais heureux aussi de cette couleur de miel. Pourquoi fallait-il que j'eusse de la peine...

—Il faut que tu tiennes ta promesse, me dit doucement le petit prince, qui, de nouveau, s'était assis auprès de moi.

—Quelle promesse?

—Tu sais...une muselière pour mon mouton...je suis responsable de cette fleur!

Je sortis de ma poche mes ébauches de dessin. Le petit prince les aperçut et dit en riant:

—Tes baobabs, ils ressemblent un peu à des choux...

—Oh!

Moi qui était si fier des baobabs!

—Ton renard...ses oreilles...elles ressemblent un peu à des cornes...et elles sont trop longues!

Et il rit encore.

—Tu es injuste, petit bonhomme, je ne savais rien dessiner que les boas fermés et les boas ouverts.

—Oh! ça ira, dit-il, les enfants savent.

Je crayonnai donc une muselière. Et j'eus le coeur serré en la lui donnant:

—Tu as des projets que j'ignore...

Mais il ne me répondit pas. Il me dit:

—Tu sais, ma chute sur la Terre...c'en sera demain l'anniversaire...

Puis, après un silence il dit encore:

—J'étais tombé tout près d'ici...

Et il rougit.

Et de nouveau, sans comprendre pourquoi, j'éprouvai un chagrin bizarre. Cependant une question me vint:

—Alors ce n'est pas par hasard que, le matin où je t'ai connu, il y a huit jours, tu te promenais comme ça, tout seul, à mille milles de toutes les régions habitées! Tu retournais vers le point de ta chute?

Le petit prince rougit encore.

Et j'ajoutai, en hésitant:

—À cause, peut-être, de l'anniversaire?...

Le petit prince rougit de nouveau. Il ne répondait jamais aux questions, mais, quand on rougit, ça signifie "oui", n'est-ce pas?

—Ah! lui dis-je, j'ai peur...

Mais il me répondit:

—Tu dois maintenant travailler. Tu dois repartir vers ta machine. Je t'attends ici. Reviens demain soir...

Mais je n'étais pas rassuré. Je me souvenais du renard. On risque de pleurer un peu si l'on s'est laissé apprivoiser...

XXVI

Il y avait, à côté du puits, une ruine de vieux mur de pierre. Lorsque je revins de mon travail, le lendemain soir, j'aperçus de loin mon petit prince assis là-haut, les jambes pendantes. Et je l'entendis qui parlait:

—Tu ne t'en souviens donc pas? disait-il. Ce n'est pas tout à fait ici!

Une autre voix lui répondit sans doute, puisqu'il répliqua:

—Si! Si! c'est bien le jour, mais ce n'est pas ici l'endroit...

Je poursuivis ma marche vers le mur. Je ne voyais ni n'entendais toujours personne. Pourtant le petit prince répliqua de nouveau:

—...Bien sûr. Tu verras où commence ma trace dans le sable. Tu n'as qu'a m'y attendre. J'y serai cette nuit.

J'étais à vingt mètres du mur et je ne voyais toujours rien.

Le petit prince dit encore, après un silence:

—Tu as du bon venin? Tu es sûr de ne pas me faire souffrir longtemps?

Je fis halte, le cœur serré, mais je ne comprenais toujours pas.

—Maintenant va-t'en, dit-il...je veux redescendre!

Alors j'abaissai moi-même les yeux vers le pied du mur, et je fis un bond! Il était là, dressé vers le petit prince, un de ces serpents jaunes qui vous exécutent en trente secondes. Tout en fouillant ma poche pour en tirer mon revolver, je pris le pas de course, mais, au bruit que je fis, le serpent se laissa doucement couler dans le sable, comme un jet d'eau qui meurt, et, sans trop se presser, se faufila entre les pierres avec un léger bruit de métal.

Je parvins au mur juste à temps pour y recevoir dans les bras mon petit bonhomme de prince, pâle comme la neige.

—Quelle est cette histoire-là! Tu parles maintenant avec les serpents!

J'avais défait son éternel cache-nez d'or. Je lui avais mouillé les tempes et l'avais fait boire. Et maintenant je n'osais plus rien lui demander. Il me regarda gravement et m'entoura le cou de ses bras. Je sentais battre son coeur comme celui d'un oiseau qui meurt, quand on l'a tiré à la carabine. Il me dit:

—Je suis content que tu aies trouvé ce qui manquait à ta machine. Tu vas pouvoir rentrer chez toi...

—Comment sais-tu!

Je venais justement lui annoncer que, contre toute espérance, j'avais réussi mon travail!

Il ne répondit rien à ma question, mais il ajouta:

—Moi aussi, aujourd'hui, je rentre chez moi...

Puis, mélancolique:

—C'est bien plus loin...c'est bien plus difficile...

—*Maintenant va-t'en, dit-il . . . je veux redescendre!*

Je sentais bien qu'il se passait quelque chose d'extraordinaire. Je le serrais dans les bras comme un petit enfant, et cependant il me semblait qu'il coulait verticalement dans un abîme sans que je pusse rien pour le retenir...

Il avait le regard sérieux, perdu très loin:

—J'ai ton mouton. Et j'ai la caisse pour le mouton. Et j'ai la muselière...

Et il sourit avec mélancolie.

J'attendis longtemps. Je sentais qu'il se réchauffait peu à peu:

—Petit bonhomme, tu as eu peur...

Il avait eu peur, bien sûr! Mais il rit doucement:

—J'aurai bien plus peur ce soir...

De nouveau je me sentis glacé par le sentiment de l'irréparable. Et je compris que je ne supportais pas l'idée de ne plus jamais entendre ce rire. C'était pour moi comme une fontaine dans le désert.

—Petit bonhomme, je veux encore t'entendre rire...

Mais il me dit:

—Cette nuit, ça fera un an. Mon étoile se trouvera juste au-dessus de l'endroit où je suis tombé l'année dernière...

—Petit bonhomme, n'est-ce pas que c'est un mauvais rêve cette histoire de serpent et de rendez-vous et d'étoile...

Mais il ne répondit pas à ma question. Il me dit:

—Ce qui est important, ça ne se voit pas...

—Bien sûr...

—C'est comme pour la fleur. Si tu aimes une fleur qui se trouve dans une étoile, c'est doux, la nuit, de regarder le ciel. Toutes les étoiles sont fleuries.

—Bien sûr...

—C'est comme pour l'eau. Celle que tu m'as donnée à boire était comme une musique, à cause de la poulie et de la corde...tu te rappelles...elle était bonne.

—Bien sûr...

—Tu regarderas, la nuit, les étoiles. C'est trop petit chez moi pour que je te montre où se trouve la mienne. C'est mieux comme ça. Mon étoile, ça sera pour toi une des étoiles. Alors, toutes les étoiles, tu aimeras les regarder...Elles seront toutes tes amies. Et puis je vais te faire un cadeau...

Il rit encore.

—Ah! petit bonhomme, petit bonhomme j'aime entendre ce rire!

—Justement ce sera mon cadeau...ce sera comme pour l'eau...

—Que veux-tu dire?

—Les gens ont des étoiles qui ne sont pas les mêmes. Pour les uns, qui voyagent, les étoiles sont des guides. Pour d'autres elles ne sont rien que de petites lumières. Pour d'autres qui sont savants elles sont des problèmes. Pour mon businessman elles étaient de l'or. Mais toutes ces étoiles-là se taisent. Toi, tu auras des étoiles comme personne n'en a...

—Que veux-tu dire?

—Quand tu regarderas le ciel, la nuit, puisque j'habiterai dans l'une d'elles, puisque je rirai dans l'une d'elles, alors ce sera pour toi comme si riaient toutes les étoiles. Tu auras, toi, des étoiles qui savent rire!

Et il rit encore.

—Et quand tu seras consolé (on se console toujours) tu seras content de m'avoir connu. Tu seras toujours mon ami. Tu auras envie de rire avec moi. Et tu ouvriras parfois ta fenêtre, comme ça, pour le plaisir...Et tes amis seront bien étonnés de te voir rire en regardant le ciel. Alors tu leur diras: "Oui, les étoiles, ça me fait toujours rire!" Et ils te croiront fou. Je t'aurai joué un bien vilain tour...

Et il rit encore.

—Ce sera comme si je t'avais donné, au lieu d'étoiles, des tas de petits grelots qui savent rire...

Et il rit encore. Puis il redevint sérieux:

—Cette nuit...tu sais...ne viens pas.

—Je ne te quitterai pas.

—J'aurai l'air d'avoir mal...j'aurai un peu l'air de mourir. C'est comme ça. Ne viens pas voir ça, ce n'est pas la peine...

—Je ne te quitterai pas.

Mais il était soucieux.

—Je te dis ça...c'est à cause aussi du serpent. Il ne faut pas qu'il te morde...Les serpents, c'est méchant. Ça peut mordre pour le plaisir...

—Je ne te quitterai pas.

Mais quelque chose le rassura:

—C'est vrai qu'ils n'ont plus de venin pour la seconde morsure...

Cette nuit-là je ne le vis pas se mettre en route. Il s'était évadé sans bruit. Quand je réussis à le rejoindre il marchait décidé, d'un pas rapide. Il me dit seulement:

—Ah! tu es là...

Et il me prit par la main. Mais il se tourmenta encore:

—Tu as eu tort. Tu auras de la peine. J'aurai l'air d'être mort et ce ne sera pas vrai...

Moi je me taisais.

—Tu comprends. C'est trop loin. Je ne peux pas emporter ce corps-là. C'est trop lourd.

Moi je me taisais.

—Mais ce sera comme une vieille écorce abandonnée. Ce n'est pas triste les vieilles écorces...

Moi je me taisais.

Il se découragea un peu. Mais il fit encore un effort:

—Ce sera gentil, tu sais. Moi aussi je regarderai les étoiles. Toutes les étoiles seront des puits avec une poulie rouillée. Toutes les étoiles me verseront à boire...

Moi je me taisais.

—Ce sera tellement amusant! Tu auras cinq cents millions de grelots, j'aurai cinq cents millions de fontaines...

Et il se tut aussi, parce qu'il pleurait...

—C'est là. Laisse-moi faire un pas tout seul.

Et il s'assit parce qu'il avait peur. Il dit encore:

—Tu sais...ma fleur...j'en suis responsable! Et elle est tellement faible! Et elle est tellement naïve. Elle a quatre épines de rien du tout pour la protéger contre le monde...

Moi je m'assis parce que je ne pouvais plus me tenir debout. Il dit:

—Voilà...C'est tout...

Il hésita encore un peu, puis il se releva. Il fit un pas. Moi je ne pouvais pas bouger.

Il n'y eut rien qu'un éclair jaune près de sa cheville. Il demeura un instant immobile. Il ne cria pas. Il tomba doucement comme tombe un arbre. Ça ne fit même pas de bruit, à cause du sable.

XXVII

Et maintenant, bien sûr, ça fait six ans déjà...Je n'ai jamais encore raconté cette histoire. Les camarades qui m'ont revu ont été bien contents de me revoir vivant. J'étais triste mais je leur disais: "C'est la fatigue..."

Maintenant je me suis un peu consolé. C'est à dire...pas tout à fait. Mais je sais bien qu'il est revenu à sa planète, car, au lever du jour, je n'ai pas retrouvé son corps. Ce n'était pas un corps tellement lourd...Et j'aime la nuit écouter les étoiles. C'est comme cinq cent millions de grelots...

Mais voilà qu'il se passe quelque chose d'extraordinaire. La muselière que j'ai dessinée pour le petit prince, j'ai oublié d'y ajouter la courroie de cuir! Il n'aura jamais pu l'attacher au mouton. Alors je me demande: "Que s'est-il passé sur sa planète? Peut-être bien que le mouton a mangé la fleur..."

Tantôt je me dis: "Sûrement non! Le petit prince enferme sa fleur toutes les nuits sous son globe de verre, et il surveille bien son mouton..." Alors je suis heureux. Et toutes les étoiles rient doucement.

Tantôt je me dis: "On est distrait une fois ou l'autre, et ça suffit! Il a oublié, un soir, le globe de verre, ou bien le mouton est sorti sans bruit pendant la nuit..." Alors les grelots se changent tous en larmes!...

Il tomba doucement comme tombe un arbre.

C'est là un bien grand mystère. Pour vous qui aimez aussi le petit prince, comme pour moi, rien de l'univers n'est semblable si quelque part, on ne sait où, un mouton que nous ne connaissons pas a, oui ou non, mangé une rose...

Regardez le ciel. Demandez-vous: "le mouton oui ou non a-t-il mangé la fleur?" Et vous verrez comme tout change...

Et aucune grande personne ne comprendra jamais que ça a tellement d'importance!

Ça c'est, pour moi, le plus beau et le plus triste paysage du monde. C'est le même paysage que celui de la page précédente, mais je l'ai dessiné une fois encore pour bien vous le montrer. C'est ici que le petit prince a apparu sur terre, puis disparu.

Regardez attentivement ce paysage afin d'être sûrs de le reconnaître, si vous voyagez un jour en Afrique, dans le désert. Et, s'il vous arrive de passer par là, je vous en supplie, ne vous pressez pas, attendez un peu juste sous l'étoile! Si alors un enfant vient à vous, s'il rit, s'il a des cheveux d'or, s'il ne répond pas quand on l'interroge, vous devinerez bien qui il est. Alors soyez gentils! Ne me laissez pas tellement triste: écrivez-moi vite qu'il est revenu...

世紀經典 08
小王子（二版）

作　者 安東尼・聖修伯里
譯　者 李玉民
封面設計 季曉彤　內文排版 裴情那、林家琪
總 編 輯 林獻瑞　責任編輯 林獻瑞　行銷企畫 呂玠忞

出 版 者 好人出版／遠足文化事業股份有限公司
新北市新店區民權路 108 之 2 號 9 樓
電話 02-2218-1417　傳真 02-8667-1065

發　行 遠足文化事業股份有限公司（讀書共和國出版集團）
新北市新店區民權路 108 之 2 號 9 樓
電話 02-2218-1417　傳真 02-8667-1065
電子信箱 service@bookrep.com.tw　網址 http://www.bookrep.com.tw
郵撥帳號 19504465 遠足文化事業股份有限公司
讀書共和國客服信箱：service@bookrep.com.tw
讀書共和國網路書店：www.bookrep.com.tw
團體訂購請洽業務部 (02) 2218-1417 分機 1124
法律顧問 華洋法律事務所　蘇文生律師
印　製 凱林彩印股份有限公司　電話 02-2796-3576

初　版 2021 年 10 月 14 日
二　版 2025 年 4 月 9 日
定　價 550 元
ISBN 978-626-7591-24-6
ISBN 9786267591239（PDF）
ISBN 9786267591222（EPUB）

Preliminary drawings for The Little Prince in this volume are used by permission of the STE Oeuvre Mémoire Antoine ST Exupéry－Succession ST Exupéry－d'Agay and the Morgan Library & Museum, New York.

版權所有・翻印必究（缺頁或破損請寄回更換）
特別聲明：有關本書中的言論內容，不代表本公司／出版集團之立場與意見，文責由作者自行承擔。

國家圖書館出版品預行編目 (CIP) 資料

小王子 / 安東尼.聖修伯里作 ; 李玉民譯. -- 二版. -- 新北市 : 遠足文化事業股份有限公司好人出版 : 遠足文化事業股份有限公司發行, 2025.04　面 ;　公分 . -- (世紀經典 ; 8) 譯自 : Le petit prince.　ISBN 978-626-7591-24-6(精裝)
876.57　　　　　　　　　　　　　　　　　　　　　　　　　　　　114002288

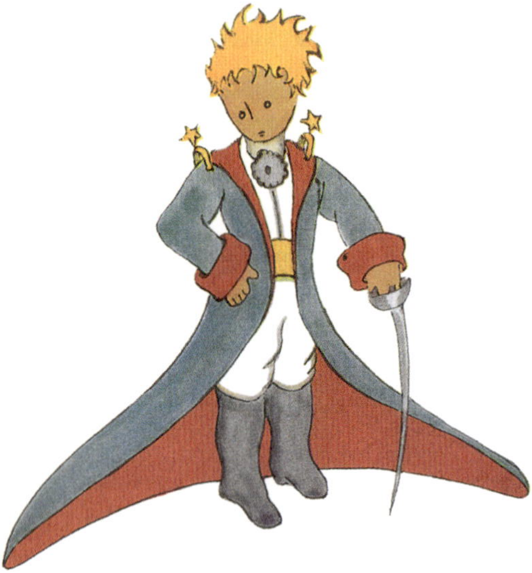